U0942387

# 讀食手記

鄺芷茵 著

# 目錄

## 第一章　久遠的味道



## 第二章　春去秋來冬又至

## 第三章　東瀛的平凡菜式



## 第四章　生活療癒食堂

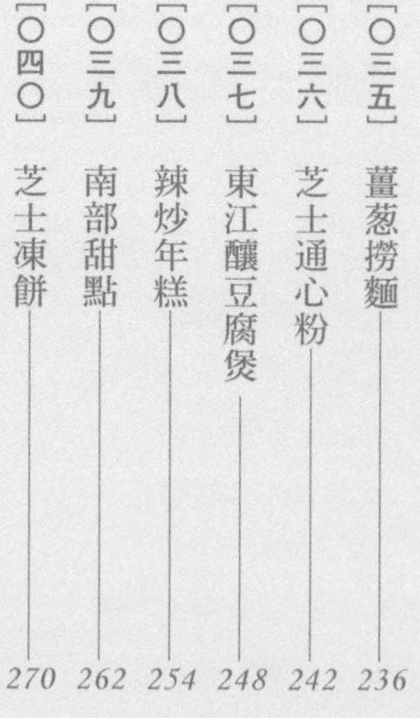

# 食譜

# 第一章

# 久遠的味道

## ※回味舊香港的雞蛋糕

某段時間，我常往香港大學圖書館看舊報紙。工作後必須動動四肢，會徒步下山至上環地鐵站。經過正街的糖水舖「源記」時，若見櫥窗的中式蒸雞蛋糕還未賣光，就帶走一件。如今「源記」已不在香港大學附近了。在家偶爾會做中式蒸雞蛋糕，重溫那段從圖書館滿載而歸的、無憂無慮的日子。

### 糖水與雞蛋糕

舊報紙裏的「雞蛋糕」有兩個意思：其一是西式的烤焗雞蛋糕，即我們現在說的「海綿蛋糕」（sponge cake）、「雪芳蛋糕」（chiffon cake）之類；其二是中式的清蒸雞蛋糕。西式與中式雞蛋糕的材料其實挺相近，分別在於烤熟與蒸熟。兩者的基本配方都是雞蛋、糖、麵粉，另按喜好額外添加奶、油、香料或膨脹劑。

與中式蒸雞蛋糕結伴的，通常是茶和糖水。作為配糖水的點心，蒸雞蛋糕做得稍甜，才不會給糖水比下去。配茶的時候，選普洱不錯。另外還有一些很像蒸雞蛋糕的中式點心。我小時候常常錯認清蒸雞蛋糕、鬆糕和馬拉糕，因為它們的賣相實在太相似了：蒸得高高的，伴着茶、粥或糖水來吃。其實蒸蛋糕用麵粉，蒸鬆糕用米粉，蒸馬拉糕須下酵母。它們同中有異，算是表親。

## 家常點心　經濟易做

清蒸雞蛋糕，可能是從前香港家庭主婦的絕技，因為報刊經常提供食譜，或許大家都會熟能生巧。蒸雞蛋糕的材料便宜，而且廚具非常簡單，有平日煮飯用的爐火、鍋、大碗、粉篩、量匙、筷子就可以。打發雞蛋的工具呢？我們現在用打蛋棒或電動打蛋器來打蛋；但舊食譜會請主婦用筷子來打，一打就是半小時，真是非常講究臂力的工夫。

香港作家劉偉成在他的詩作〈香港街道三題（二）上環正街〉裏，提及正街一所馳名「清蒸雞蛋糕」的糖水店。猜想他說的，就是「源記」。劉偉成說，他母親做的蒸蛋糕，與這糖水店賣的不相伯仲。不知道這位廚藝了得的主婦，是否用筷子來打雞蛋呢？

## 「懷舊」的心理準備

以下聊到的清蒸雞蛋糕，走的是舊式路線。做法、質地與常吃的西式烤蛋糕都有些不同，舊食譜或不合時宜，稍為「懷舊」一下。

首先是材料：這種舊式蛋糕不求把雞蛋充分打發，故會用上現在很多人也不喜歡的泡打粉（baking powder）。大家不喜歡泡打粉，大概是因它有對健康不好的鋁（aluminium）。除了改用無鋁（aluminium free）泡打粉外，若打蛋得宜，我們其實可以略去泡打粉。沒用泡打粉的，外形、味道反而更好，我會略去。至於奶粉、雲呢拿精華，也是可以略去的材料；但它們帶點舊時口味，我就把它們留下來，留心選用寫着 vanilla extract 的天然雲呢拿精華。

接着是打發雞蛋：做過西式雞蛋糕的朋友都知道，先發蛋白，再下蛋黃的「分蛋法」，較整隻雞蛋一同打發的「全蛋法」容易控制。雖然我看到上海民國食譜也會用「分蛋法」來做「水蒸蛋糕」；但香港的舊食譜多用「全蛋法」，我們就一起嘗試好了。電動打蛋器可五分鐘內完成；用打蛋棒手打，大約是二十分鐘。想要改用「分蛋法」來做，當然也可以。

最後是成品質地：中式蒸雞蛋糕不添油分，成品比較扎實、厚重，不會非常鬆軟。蛋糕的水分不多，傾向乾身。這就是「懷舊」的味道吧。它不會像用油的蛋糕那樣膩，放涼後表面也不黏手，這些地方我是挺喜歡的。

# 清蒸雞蛋糕

約四人份

## ◎ 材料

| | | | |
|---|---|---|---|
| 雞蛋（室溫） | 2 隻 | 奶粉 | 2 茶匙 |
| 白砂糖 | 70 克 | 雲呢拿精華 | 數滴 |
| 麵粉 | 70 克 | | |

## ◎ 做法

1. 混合麵粉、奶粉，過篩待用。
2. 打散雞蛋，分兩次加入白砂糖。
3. 雞蛋與白砂糖打至發白、厚身（脹大約一倍），拌入雲呢拿精華數滴。
4. 把粉類分三次篩入蛋漿，用大餐匙或刮刀順時針緩慢拌勻。完成後靜置十五分鐘。
5. 把粉漿倒入已掃油或鋪上烘焙紙的模具。拍打模具底部一兩下，除去粉漿裏的大氣泡，中細火隔水蒸約十五分鐘。
6. 往蛋糕插入竹籤，竹籤抽出而不沾粉漿即成。放涼後切件。

# ※小販消夜與雞絲碗仔翅

某凌晨煮消夜的時候，覺得自己已很久沒有出門買消夜了，有點想念碗仔翅。碗仔翅會不會像我一樣變老了？不知道現在的年輕人會不會吃碗仔翅呢；我們仍然過着相似的夜晚嗎？

## 去哪裏吃碗仔翅

問問幾個年輕人，他們會在酒樓點碗仔翅來吃。酒樓何時開始賣碗仔翅？最晚是上世紀五十年代了。一九五八年的《工商晚報》有則本地新聞，記述一個女人在西營盤某茶樓，吃過碗仔翅後食物中毒的消息。五十年代的衛生條件不好，常有食物中毒的報道。碗仔翅總是預先做好一大鍋，不是現做現賣的；料想當時餐飲設備不大先進，所以容易變壞。

我家不會在酒樓吃碗仔翅，因長輩都覺得，在酒樓吃平價小食，很不划算。要吃的話，都在流動小販檔或腸粉舖買。香港作家陳寶珍，在她發表於八十年代的小說〈找房子〉裏，寫下的碗仔翅，是來自地鐵站出口的小販檔。

陳寶珍小說裏的碗仔翅，是種城市氣息。我從前夜歸跳下火車（現在叫「東鐵」了）一刻，心情總是興奮。在火車站外，已有無數消夜小販檔，等待夜歸人去挑選。碗仔翅、生菜魚肉、鮮椰汁、鮮蔗汁、粟米、燒賣，下車已嗅到各種香味。

現在流動小販難尋，我都改在腸粉舖買；但陳寶珍說「碗仔翅」是「假碗仔翅」，為什麼呢？也許八十年代以前，真的有會用魚翅來做的碗仔翅吧。

## 粉絲如何扮魚翅

雖然粉絲怎樣煮，也不會變成魚翅；但若要做碗仔翅，似乎至少可以參考一下魚翅的煮法。翻翻陳夢因在《食經》裏提及的魚翅，只見散翅、排翅吃法各有不同；蟹黃翅、雞翅、鮑翅亦須表現不同風味，有時燉，有時紅燒。

很多碗仔翅的家常做法，都比較像做肉羹：先做好湯底，再在湯裏煮熟肉、海味等，然後調味、打芡。這種煮法快捷，但沒有鑊氣。陳夢因提到的雞絲翅、紅燒大裙翅，都會先用豬油起鑊、灒酒，再以高湯煨肉和魚翅，並用馬蹄粉來推芡。煮碗仔翅時，大概可以加入爆、煨的手法。

碗仔翅要放什麼、多少食材，都視個人口味而定。像我會放很多冬菇，不用豬肉；好不好吃，則要看打芡。打芡是最後步驟，所以調味、調色時，必須同時預計打芡後的效果。上桌時湯羹已稍降溫，會變得更稠，這又是要計算好的地方。調味方面，陳夢因認為，只有用料廉價、烹煮不濟的魚翅，才須下浙醋來掩飾不足。這樣看來，碗仔翅既然不是正宗魚翅，下浙醋反倒合適。

現在提倡不吃魚翅，宴會改奉燉湯、燴燕窩、海鮮羹。雖然少吃的只是真魚翅，但賣碗仔翅的店亦不算多，於是也越來越難吃到假魚翅了。還未入睡的話，就做鍋碗仔翅做消夜吧——在它真的要離開我們的生活以前。

# 雞絲碗仔翅

四碗份

◎ 材料

雞扒　半件
瑤柱　4 顆
冬菇　4 朵
白背木耳　1 朵

粉絲　50 克
葱白　2 株
薑　2 片
雞蛋　1 隻

馬蹄粉　2 湯匙
食油、麻油、砂糖、酒、鹽、生抽、老抽、清水、粟粉、白胡椒粉、浙醋　適量

◎ 做法

1. 沖洗並浸發瑤柱、冬菇、白背木耳、粉絲。
2. 雞扒洗淨、去皮；切絲後用生抽、粟粉、食油略醃。
3. 瑤柱撕碎，留下浸瑤柱水備用。馬蹄粉用六湯匙清水拌勻。
4. 冬菇、木耳切絲；粉絲切段。
5. 雞絲快速汆燙，並留下汆燙湯汁備用。
6. 用食油爆香葱白、薑片。
7. 冬菇絲、木耳絲下鍋爆炒，灒酒後取出葱白、薑片。倒入瑤柱水和雞湯汁合共兩碗（不足可加清水），沸騰後轉細火煮五分鐘。
8. 雞絲、瑤柱下鍋，添清水兩碗；煮至沸騰，用砂糖、生油、老抽調味。
9. 粉絲下鍋，逐湯匙加入已拌勻的馬蹄粉水，調至喜歡的稠度。
10. 熄火後繞圈加入麻油、打散的雞蛋。食用前可加入白胡椒粉、浙醋。

# ※酒樓賣的中式蝦沙律

和朋友聊到最掛念的酒樓菜時，我想起一道小時候「去飲」才可以吃到的頭盤，就是蝦沙律。豪華宴會的是鮮果配龍蝦，街坊套餐的是罐頭雜果配小蝦仁，都沾着甜甜的沙律醬汁。不知道現在還有沒有人，用蝦沙律來擺酒呢。

## 「明蝦」是什麼

我說「去飲」才可以吃到蝦沙律，指的是中式口味的蝦球沙律。很多親友在家辦大食會，也愛做蝦沙律；但味道是按西式的做，有別於中式酒樓的出品。

酒樓常常把蝦沙律，寫成「明蝦沙律」。我從前以為「明蝦」指「鮮蝦」，真是無知；其實「明蝦」即是中國對蝦。上世紀六十年代舊食譜裏的蝦沙律，有指定用明蝦的。石宗在《新生晚報》的專欄散文中談及，「明蝦」即「名蝦」，是廣東地區常吃的蝦，盛產於春末夏初。他又提到，當時的明蝦每隻至少二両，可蒸可煎。

現在的「明蝦」菜式，像明蝦沙律、明蝦角、乾燒明蝦等，是否真的用明蝦來做，我不大曉得，畢竟現在的明蝦並不算便宜。我買了些帶殼虎蝦，用來做蝦球不錯。

## 西式食法　中式味道

六十年代的食譜，喜歡標榜中式蝦沙律既是「西菜食法」，又具「中菜美味」。「西菜食法」指的，是以生熟蔬菜、肉類拌醬汁食用；那麼「中菜美味」指的是什麼？綜合各種中式蝦沙律的煮法，這似乎是指蝦肉的處理手法，以及沙律醬汁的用法。同樣是「蝦沙律」，六十年代的西式蝦沙律，會用牛油來烤熟蝦肉；但中式的卻會用豬油來油泡，令蝦肉較香口。

至於醬汁，這些食譜一般是用現成的「沙律汁」來配蝦肉，有些還會用煉奶來調味。「沙律汁」似乎指六十年代已在賣的「奇妙醬」，因其他食譜提到蛋黃醬時，會寫成「蛋黃醬」，而不是「沙律汁」。往奇妙醬加入煉奶的口味，確像酒樓的沙律醬，很多人現在也會這樣做港式沙律。

## 中式蝦沙律的新風景

中式蝦沙律脫胎自西式蝦沙律；而現在我們吃到的中式蝦沙律，又已與六十年代的不同了。從前中式蝦沙律的用料為蔬菜和蝦，上桌前把醬汁拌在蝦肉上，不像西式蝦沙律般在享用前淋在所有食材上。我們現在於酒樓吃到的蝦沙律，則常用生果來做，而且會用醬汁拌過水果，上桌是雪白一片。我某回還吃到加入蜜瓜、哈密瓜的，看上去好像鮮忌廉蛋糕，放一會就變得水汪汪。

最有趣又尷尬的變奏，是中式蝦沙律的上桌次序。在酒席裏吃到的蝦沙律，一直是頭盤；但陳夢因卻說，這是差勁的吃法。他在〈龍蝦沙律〉裏說，自己在粵菜酒家吃到一道非常離譜的「沙律龍蝦」（中菜說法倒過來）：以罐頭甜桃，而非用切片番茄、薯仔、洋葱等來做，而且是第一道上桌的菜式。這有什麼問題呢？原來店家違反了普遍的「先鹹後甜」用餐節奏。這番批評，教現在賣蝦沙律的酒樓如何是好？

# 中式蝦沙律

四人份

◎ 材料

| | | |
|---|---|---|
| 蝦　10 隻 | 番茄　2 個 | 煉奶　適量 |
| 甘筍　200 克 | 雞蛋　2 隻 | 乾番芫荽　適量 |
| 薯仔　200 克 | 西生菜葉　5 片 | 食油　適量 |
| 青瓜　50 克 | 奇妙醬　適量 | |

◎ 做法

1. 雞蛋煠熟、去殼、切片；放涼後冷藏。
2. 甘筍和薯仔洗淨、切片、煠熟；放涼後冷藏。
3. 青瓜、番茄洗淨，切片冷藏。
4. 西生菜葉洗淨，切條冷藏。
5. 蝦洗淨、去殼、剔腸、抹乾，背部中央縱向輕切一刀。
6. 食油加熱，油泡蝦肉至熟；放涼後冷藏。
7. 碟底鋪上西生菜；碟邊排滿番茄、雞蛋。
8. 甘筍、薯仔疊放於碟子中央。
9. 奇妙醬與蝦肉拌勻，以煉奶調味；鋪在甘筍、薯仔上。
10. 以青瓜、奇妙醬、煉奶和乾番芫荽裝飾。分食時可另添醬汁。

# ※學做炒蛋的少年

「炒蛋」是可口的菜式，幾個步驟就會完成，而且與本地少年的「成長」故事頗有因緣。「成長」是兒童文學、少年文學的經典主題；而「烹飪」則是這主題其中一個重要題材。香港文學史上最受歡迎的學生讀物《中國學生周報》，就刊登了不少以上世紀五十至七十年代少年入廚為題材的文藝創作。

## 少年愛煮雞蛋、牛肉

這些故事提及的菜式非常豐富；其中最受歡迎的食材，可數雞蛋和牛肉。雞蛋有炒蛋、蝦米蒸蛋、煎蛋、蛋花湯；牛肉有西蘭花炒牛肉、番茄煮牛肉、牛腩燜薯仔。魚則有煎鯪魚、炸鯧魚、蒸鮮魚；菜又有炒小白菜、炒菠菜、羅宋湯。豬有紅燒肉。飯當然是不可或缺的一筆，通常是用瓦煲煮白飯。燜、炸、紅燒等，都是扎實的入廚工夫，不會三天兩頭就學會。

也許「挫折」是「成長」的必經之路——這些煮飯故事大多是失敗的：煎魚焦得像黑炭，煮白飯就是半生不熟的「三及第」；炒菜忘記調味，蒸蛋裏有蛋殼；牛肉過老，豬肉太甜。總而言之，入廚少年故事或以遭受所有家人取笑，或以改為上館子而落幕；帶着燙傷、切傷，尷尬收場。

## 失敗乃成功之母

記得其中一個故事的母親，會對廚藝糟糕的女兒加以安慰，未有苛責，以「失敗乃成功之母」來鼓勵她下一次再努力。母親看似溫柔；但她說罷安慰之言，便轉身吩咐剛剛取笑下廚女兒的其他子女收拾好東西，趕快出門吃飯。這不是狠心的最高境界嗎？

這些故事所關心的，大多是少年「成長」之必要；至於少年何時方可成功煮出一手好菜，以代表他們經已「成長」？結局往往沒有細表。少年要獲得「成長」的認同，必先具有在起居上照料同住者的能力。這樣看來，家人的認同，就是少年「成長」的證據。到底要煎焦多少條鯪魚，方可晉升為「成人」呢？實在一點也不容易啊。

## 先入廚房　再去街市

比起要求少年依樣畫葫蘆地預備飯菜，成年人大可決定烹飪的次序，來扶助少年按部就班地成長。煮飯而言，少年應先入廚房，再去街市；首先學習烹飪技巧，然後才學習備料方法。

我們應為少年選炒蛋，而不是煮牛肉；因為炒蛋材料簡單乾淨，不用切肉沾血，烹飪時間短促而可見明顯變化，比較容易成功。翻翻手上五十至七十年代的香港家常炒蛋食譜，計有荷蘭豆仁炒蛋、蝦仁炒蛋、洋葱蝦仁炒蛋、番茄炒蛋、青豆角炒蛋、叉燒炒蛋、白飯魚炒蛋、葱炒蛋、黃花魚柳炒蛋和炒芙蓉蛋。從材料豐富、營養充足、備料方便來考慮，洋葱蝦仁炒蛋是理想的菜式。

中式炒蛋用不着忌廉、牛油、清水；只須在蛋汁裏加入少許食油，大火快炒即成。新手入廚，最好在蛋汁大火下鍋後熄火推炒，才不會過熟。蛋面未熟也不要翻蛋，可上蓋小火蒸焗。最初選用已去殼、腸的急凍蝦仁即可；掌握炒法後，就可以用鮮蝦來做，嘗試去殼、剔腸；或者改成帶子炒蛋、蠔仔炒蛋，舉一反三。這樣一點一滴地積累經驗，廚藝自有所成，成長也更踏實了。

# 洋葱蝦仁炒蛋

(二人份)

◎ 材料

急凍蝦仁（已解凍） 8 隻
洋葱 半個
雞蛋 3 隻
青葱 1 株
白胡椒粉 適量
鹽 適量
糖 適量
食油 適量

◎ 做法

1. 蝦仁解凍後洗淨、抹乾，切開蝦背上半部。
2. 雞蛋去殼，取兩茶匙蛋白，與白胡椒粉、鹽、糖拌入蝦仁。冷藏蝦仁半小時。
3. 往剩下的雞蛋加入少許鹽、食油一湯匙，打發至產生泡沫。
4. 洋葱去皮、洗淨，切成薄片。青葱洗淨切粒。
5. 洋葱、蝦仁先後以熱油下鍋炒熟。
6. 把熟洋葱、熟蝦仁加進蛋汁拌勻。
7. 炒鍋洗淨、抹乾後以大火熱油，倒入蛋汁料後熄火，灑上青葱粒，推炒至熟。

# ※雞肉沙律與美式中菜

跟文友聊起煮飯仔遊戲，讓我想起小時候用廚房玩具來炒薯片的樂事。薯片之類的香脆零食，除了用來直接吃和玩遊戲外，用來做沙律也挺好吃。我最喜歡的，是用點心麵來做的雞肉沙律。

## Rainforest Cafe 的脆卜卜沙律

某年暑假，大人帶我們去 Rainforest Cafe 吃飯，點了一碟沙律。Rainforest Cafe 是以熱帶森林為主題的美式餐廳，以動物為裝飾，燈光昏暗，有歷奇氣氛。我不知道這碟沙律的名字叫什麼，只知道裏頭是生菜、雞肉、甘筍，混了些好像涼拌雞絲的醬汁，還有些味道很熟悉的炸麵條之類；我於是叫它做「脆卜卜沙律」。

我很喜歡脆卜卜沙律的味道。那些脆卜卜的炸麵條是什麼呢？當時回家左思右想，我以為是我常常吃的「童星點心麵」。Rainforest Cafe 不是中學生有能力獨自去的餐廳，我只跟着大人去過一次。到我有了兼職時，香港分店卻已結業了，再沒辦法為脆卜卜查明身世。

後來看到美國 Rainforest Cafe 的菜單，上面有道 China Island Chicken Salad，食材是烤雞肉、青菜、芝麻、甘筍、青葱、米粉和炸雲吞皮絲（wonton strips）。如所有店舖的配方相同又一直不變的話，「脆卜卜」應該是炸雲吞皮絲了。小時候的記憶，總是朦朦朧朧。我不肯定當年吃的，是不是炸雲吞皮絲。現在還是覺得，用點心麵來做脆卜卜沙律最好吃。

## 美式中菜的口味

China Island chicken salad 也叫 Chinese chicken salad，即美式餐廳所賣的中式雞肉沙律，是一道頗受歡迎的美式中菜（American Chinese cuisine）。安德魯・柯伊（Andrew Coe）在他的著作《雜碎：美國中餐文化史》（*Chop Suey: A Cultural History of Chinese Food in the United States*）中提到，至十九世紀，美國人方開始接受中菜的口味；而美國中菜的口味和烹飪方式，也漸漸因應美國人的口味而取捨變化。

發展至今，美式中菜以甜酸、煎炸口味為主，加上豉油、蠔油或麻油——這不就是個咕嚕肉的世界嗎？美式中餐比較廉價，具中菜風格，但不算為中菜。其中有些菜式，並不見於中菜，如炒雜碎（chop suey）、炒麵（chow mein）及幸運曲奇（fortune cookie）等。China Island chicken salad 用了炸麵條和中式調味料，是標準的美式中菜口味了。

China Island chicken salad 的中文名字，如何是好？「中國島嶼雞肉沙律」，聽起來很怪異，因為英文原名中的 island，只怕是種增加亞洲風情的修飾字詞，可以不譯出來。似乎是「中式雞肉沙律」比較合理；它只求「中式」，而不是本質上的「中菜」。我沒在用炸麵條或炸雲吞皮絲，就喚作「點心麵雞肉沙律」好了。

## 美式亞洲沙律醬

Rainforest Cafe 的菜單沒有說明，China Island chicken salad 所用的 China Island dressing，有什麼具體材料。那是帶甜味、酸味和芝麻香的醬汁；質地很像凱撒沙律（Caesar salad），不會很稠；味道則像加多加多（gado gado）和涼拌手撕雞。我主要用了美式蛋黃醬、白醋、生抽、麻油。

日本動畫《天氣之子》（天気の子）也有兩道用零食做的菜式，分別是用薯片來做的炒飯和用即食麵做配料的沙律。這即食麵沙律用了可以直接吃的「元祖雞拉麵」（元祖鶏ガラ チキンラーメン）來做，跟美式中菜的方式不同。

點心麵是我常買的零食。打開就可以直接倒入口中，吃得乾淨吃得飽，吃掉就可以撐過三小時的課。灑在沙律上，要快快吃光，否則就不脆了。若嫌這樣吃還未夠 American，何不再配一罐可樂。

# 點心麵雞肉沙律

二人份

◎ 材料

| 沙律材料 |

雞胸肉　約 200 克
沙律菜　約 200 克
甘筍　1 條
點心麵　約 40 克
白芝麻　約 3 湯匙
青葱　1 株

| 沙律醬材料 |

蛋黃醬　約 6 湯匙
白醋或米醋　約 2 湯匙
生抽　約 1 湯匙
麻油　約 2 湯匙
黑椒粉　約 1 茶匙
薑　2 片
蒜頭　2 瓣
鹽、糖、食油　適量

◎ 做法

1. 雞胸肉洗淨、抹乾，以鹽、糖、食油醃三十分鐘。
2. 沙律菜洗淨、撕碎。
3. 甘筍洗淨去皮、切絲。
4. 青葱洗淨、切粒。
5. 白芝麻炒香。
6. 雞胸肉下鍋煎熟，約八分鐘；放涼後切小塊。
7. 薑、蒜頭洗淨去皮、切碎。
8. 製作沙律醬：把蛋黃醬、醋、生抽、麻油、黑椒粉、薑、蒜頭拌勻。可再添糖調味。
9. 把沙律菜、甘筍、雞胸肉、點心麵、青葱、白芝麻鋪在碟上。
10. 在沙律上澆滿沙律醬即成。食用前拌勻。

## ※京都炸醬麵的甜酸辣

初中時曾不慎跌傷，光顧了一年專科診所。雖然帶傷的生活有點不便，診金亦不便宜，但那算是美味的一年；因為診所在中環，就診後可以到羅富記吃下午茶。炸醬麵、豬膶粥、蜆蚧鯪魚球——那是我吃得最多廣式炸醬麵的一年。

### 五碗炸醬麵

我聽過五種叫「炸醬麵」的亞洲麵食，包括廣式炸醬麵、台式炸醬麵、雲南炸醬米線、韓式炸醬麵，以及京式炸醬麵。京式炸醬麵是廣式、台式的原型。也許還有第六、七種也說不定。

我不大懂得炸醬麵，一度以為炸醬麵都是又酸又甜又辣的肉絲撈麵。第一次到台北，在便利店買碗「維力炸醬麵」來當早餐，才知道有不甜不酸的炸醬麵；直到香港有了鼎泰豐，又發現炸醬麵可以是不辣的。「譚仔」我只光顧過數次，其中一次點的是「過橋」，姐姐送來一碟不見肉絲、只有肉末的橙色肉醬，說是「炸醬」。韓式炸醬麵，則暫時是我吃過最甜的炸醬麵。

## 京都炸醬麵

香港的廣式炸醬麵通常寫成「京都炸醬麵」，這「京都」是「北京」的意思。所謂「京都」是為了強調口味正宗；但「京都炸醬麵」卻似乎是最「不正宗」的炸醬麵。正宗京式炸醬麵用的是北京拉麵，炸醬主要是甜麵醬、干黃醬的味道，配上肉丁、瓜絲、葱絲；京都炸醬麵卻用廣東生麵、辣椒醬和肉絲，伴着清湯。

炸醬麵是撈麵，放涼後很容易結塊。學鼎泰豐侍應送上台式炸醬麵時會說的話：「請趁熱儘快拌勻和吃光炸醬麵。」廣式撈麵從前會用湯浸潤煮好的麵，現在還會配湯上桌。讀過一則上世紀五十年代舊報紙的廣式炸醬麵食譜，用料不只豬肉，還有乾冬菇、蝦米，比現今的冶味；湯可以直接放在麵的下面。

今天雲吞麵舖賣的炸醬麵，經常送上放了大地魚、蝦殼、蝦籽、羅漢果等的韭黃雲吞湯底；潮州魚蛋粉舖賣的，則會是撒滿芫荽葱的魚骨湯底。至於清湯腩麵舖的炸醬麵——清湯腩麵舖在賣炸醬麵嗎？不要在清湯腩麵舖吃炸醬麵。韭黃雲吞湯底味甘，跟京都炸醬麵的味道不算很搭。用雞、豬的骨肉和金華火腿熬製的粵式上湯更可口，以鹹配甜。

## 「醬」的派對

不論是什麼口味的炸醬麵，關鍵都在於「醬」。京式用甜麵醬、干黃醬，韓式用春醬（춘장，又譯作「黑豆醬」），台式用原味豆瓣醬，雲南米線則用昭通醬。只要用了正確的醬料，就能做出想要的口味。

做廣式炸醬麵，要用廣東名產「甘竹辣椒醬」，即是我們沾蘿蔔糕、豬腸粉那種帶酸味的橙色辣椒醬；再添些海鮮醬、芝麻醬、白醋、糖，就自成廣東一格了。廣州現在的炸醬麵用什麼醬來做，我不大清楚；但香港會吃到的，是加了茄汁、豆瓣醬的炸醬麵。歲月和醬料都不同了；風格還是一樣的甜、酸、辣。

# 京都炸醬麵

一人份

◎ 材料

| | | |
|---|---|---|
| 生麵　1個 | 乾冬菇　1至2朵 | 芝麻醬　半湯匙 |
| 雞骨　約80克 | 蝦米　1湯匙 | 白醋　3湯匙 |
| 瘦肉　約50克 | 青菜　1至2棵 | 生抽、粟粉、酒、 |
| 金華火腿　約20克 | 甘竹辣椒醬　1湯匙 | 麻油、糖　適量 |
| 脢頭豬肉　約80克 | 海鮮醬　2湯匙 | 青葱花　適量 |

◎ 做法

1. 乾冬菇、蝦米用清水浸發至軟身。
2. 洗淨雞骨、瘦肉，冷水下鍋，加熱至沸騰。
3. 雞骨、瘦肉取出，與金華火腿一同洗淨後再下鍋。
4. 以清水浸過食材表面，沸騰後轉小火熬煮半小時。濾去所有骨肉，做成上湯。
5. 脢頭豬肉洗淨、切絲，用生抽、糖、麻油、酒、粟粉稍醃。
6. 乾冬菇、蝦米切粒。
7. 甘竹辣椒醬、海鮮醬、芝麻醬、白醋倒在碗中，加入分量相同的開水拌勻，以糖調味，製成醬汁。
8. 肉絲、冬菇、蝦米熱油下鍋，爆炒至乾身。
9. 醬汁下鍋，小火拌煮成合適的稠度，製成炸醬。
10. 生麵、青菜分別焯熟。
11. 上湯置於碗底，或以小碗盛起，撒些青葱花。麵、菜排在麵碗中，淋上炸醬即成。

# ※ 飽肚的家常炒米粉

備課的時候，發現了一件事：原來我爸跟日本小說家村上春樹同年出生。如果他還在的話，就會跟村上春樹一樣的歲數。我不知道他會否喜歡村上春樹的小說；但比起村上春樹喜歡吃的意大利粉，他肯定更喜歡吃米粉；因他早餐常吃齋米粉。

## 米粉仔安肚

雖然村上春樹不是我爸那碟粉，但精於炒米粉的文學名家，還是有的。台灣著名翻譯家和飲食作家林文月的《飲膳札記》，收錄了一篇〈炒米粉〉；裏面手把手教導讀者如何選米粉、切炒料、下鍋炒，步驟具體仔細又深入淺出，可說是炒米粉新手的寶典。

林文月說，「炒米粉」是她心目中很平常的家庭菜式；可以是尋常天的一日三餐，也可以是宴客日、拜神日的鎮桌要角。她認為炒米粉之所以能穿梭於大小餐桌，是因為這道菜式既是主食，又是小食，所謂「米粉仔安肚」，即「米粉可以填飽肚子」的意思。

「米粉仔安肚」，我想我爸會非常贊成林文月的說法。上了大學後，老家的廚櫃常常堆着些「超力」即食銀絲米粉。我最初不知道是誰要吃的食物，後來才曉得是我爸的早餐——他的早餐一向不是「山崎」的袋裝麵包嗎？換成即食米粉，大概是因為比較飽肚。「飽肚」、「有米落肚」，是我爸吃飯的重要原則：有大碗白飯就好，有大碟米粉就好；不然有半鍋粥也不錯。菜、肉你們多吃。

## 林文月的炒米粉秘訣

林文月認為，每個廚房炒出來的米粉，都不一樣，是「同中有異」；這似乎也包括「好吃／難吃」吧。同樣是米粉、豬肉、蔬菜，有些人炒得又香又好看，有些人則炒成乾巴巴的米粉碎。

米粉如何炒不斷、炒不乾呢？林文月的方法，是事先用常溫清水把乾米粉浸軟；炒的時候要毫不吝嗇地添油添水、輕輕由下至上拌炒。米粉彈性不足的話，添水會越炒越爛，所以會事先用常溫水浸軟。火力也須不時調整，否則過猛會焦，過弱會糊。

這樣看來，從備料到下鍋亦要面面俱到，米粉方可炒得美味；直接拿米粉、炒料去放湯，不就乾手淨腳了。疲倦的時候，我會這樣想。

## 如何挑選米粉

炒米粉要炒得好吃，還須挑選米粉的類型。或乾或濕，米粉必須夠韌才耐炒。林文月用的是台灣米粉，包括「水粉」和「炊粉」。從前兩者一粗一幼，製法和用法不同；炒的一般是炊粉。現在除了「水粉」和「炊粉」，還有標示「純米粉」、「調合米粉」之類。米的成分不足，就只能叫「水粉」和「炊粉」了。

廣東米粉的分類比台灣米粉複雜，主要以「銀絲米粉」來代表幼米粉、「東莞米粉」來代表粗米粉；有時又見「東莞銀絲米粉」，寫法不一。即或是粗米粉，也不一定適合翻炒；炒的通常是寫上「排粉」的粗米粉，而另有「銀絲炒米粉」。

炒廣東米粉，我不喜歡用幼米粉，喜歡粗米粉。這樣可以選沒有標示「銀絲」的；長方形的比正方形的，更適合拌炒。粗米粉的炒料可以硬、脆，切得粗一些。廣東粗米粉比台灣粗米粉更韌；若沒空用常溫清水慢慢泡，可用暖水泡，或者用沸水泡散後脫水燜軟。無論如何，千萬不要像意大利粉那樣在不斷加熱的水裏煠熟。

說起煠意大利粉，我又再想起村上春樹。如果我爸像村上春樹一樣喜歡跑步、常常抽空吃一大盤蔬菜；如果他少吃些「一堆白白的」齋米粉，多吃放滿冬菇、木耳的炒米粉的話，他也許會像村上春樹一樣健康吧。我打開廚櫃，看着 P 買給自己的「福字」米粉和買給我的「公仔」米粉，不禁皺一下眉。

# 家常炒米粉

(二人份)

◎ 材料

廣東乾米粉　約150克
乾冬菇　50克
白背木耳　1朵
胸頭豬肉　150克
雞蛋　2隻
甘筍　100克
西芹　2根
白芝麻、生抽、老抽、白胡椒粉、麻油、糖、粟粉、鹽　適量

◎ 做法

1. 乾冬菇、木耳沖洗、浸發。
2. 米粉用常溫清水沖洗、浸軟，晾乾備用。
3. 胸頭豬肉洗淨、切絲，用生抽、老抽、糖、粟粉、麻油略醃。
4. 雞蛋打散，攤平慢煎成蛋皮，放涼後切絲。
5. 甘筍洗淨、去皮，切幼條。
6. 西芹洗淨、去筋，切薄片。
7. 乾冬菇和木耳去水、切絲。
8. 冬菇絲、木耳絲下鍋爆炒，炒出香氣後加入肉絲拌炒。
9. 炒至肉絲全熟後，加入甘筍、西芹拌炒。
10. 甘筍、西芹炒出香氣後，加入米粉，以筷子輕輕從底到面撈炒。
11. 拌入雞蛋絲。如米粉乾硬，可添一至兩湯匙白開水。
12. 以糖、鹽、白胡椒粉、麻油調味，熄火上碟。撒些白芝麻。

# ※茶餐廳與西多士

我們如何留住自己喜歡的地方？有些人用視覺，如拍照、素描；有些則用聽覺，錄下現場的聲音。喜歡書寫的人，自然是用文字了。如果用嗅覺呢，可行嗎；喜歡吃東西的人可會利用氣味，來再現心中那個好地方嗎？

## 走進茶餐廳的偽田野考察

不知道為什麼，明明是用了類似的白方包、花生醬、食油、雞蛋、鮮牛油和糖膠；在家做出來的西多士，無論是煎的還是炸的，總是比不上於下午茶時段在茶餐廳堂食的美味。覺得總是差了一點東西。

到底是還差了什麼東西，不是味道的問題，難道是溫度？我已經是現煮現吃了。不對，現在不是西多士味道的問題，而是「在家」與「在茶餐廳」的問題——即是個有關「空間」的問題。與其去請問他人，不如親自落樓下的茶餐廳坐一會，認真觀察一下，「茶餐廳」與「家」的分別。

我既沒有事先大量閱讀文獻，也沒有調查樓下那家茶餐廳的背景，亦沒設計精細的研究方法；這一趟最多算是「觀摩」，不大科學，姑且稱之為「偽田野考察」。

## 關於「茶餐廳味」

偽裝歸偽裝，我還是選擇了一個特定的觀察形式，就是按早市、午市、下午茶、晚市不同時段來觀察：

四個時段的客人背景都不同。這個重點有些無聊，是不用觀察也能知道的事情，而且是食市的普遍面貌，不算是新的知識。室溫、燈光非常一致。這也是大概可以想像到的食市普遍面貌。

四個時段的嗅起來的香氣，不大一樣。早市是一陣陣油煎雞蛋味，以及茶香、咖啡香；午市以油煙味為主；下午茶雖也有油炸肉味，但多了一股甜香；晚市則是油煙味和豉油味（如果有鐵板餐供應的話，就是另一回事了）。有趣的是，四個時段都瀰漫着一種若隱若現的氣味：一種潮濕的、不討好的氣味，我會形容為「檯布味」。那是用濕布抹檯、濕地拖抹地後，欲乾未乾的霉味。這是最有意思的觀察成果。

我的結論是，茶餐廳的西多士比在家現煮現吃的西多士所多出來的，是茶餐廳內那股隱約的霉味，以及由其他人的點餐內容混合而成的油炸肉味和甜香。也就是說，在打掃得太乾爽、所有人在吃同一種菜式，以及身在獨自用餐的空間，都不可能吃到有「茶餐廳味」的西多士。

## 以氣味來保存的空間記憶

有些香水品牌，會用氣味來保存有關某個空間的記憶，以一個特定的空間來命名，如圖書館、爵士酒吧、咖啡室、理髮店等。我很喜歡這些香水，它的創作理念所強調的人文意義，完全正中人文地理學（human geography）書迷的下懷。人文地理學中的「地方」（place），指的不是空間（space），而是具有人所賦予的意義之空間。酒吧的氣味，包括了煙味、酒味、木味；其中的煙味和酒味，都是來自身在酒吧中的人。我們可以把人為的氣味趕走，只剩下空間自然生成的氣味嗎？似乎不可以，因為嗅覺是屬於人（以及其他具有嗅覺的生物）的。就算是青草的氣味，沒有生物在場，這「青草味」便沒有意義了。

要以氣味來保存特定地方，先要考慮的是：這個地方有多少種氣味。如我們嗅到鹽的味道，就會想起海灘，這樣不是在以氣味來保存地方——我們只是利用鹽來聯想到海灘，而不是以氣味留住了海灘，因為「海灘」是個立體的、複雜的地景（landscape），兼有各式各樣的生態活動，不可能只有像鹽一樣的鹹味。如果是陽光普照的海灘，我們可能會嗅到曬乾的海草的草腥味；有人在曬太陽的話，又可能會嗅到太陽油的氣味。就如不同時段的茶餐廳。

## 香港最佳「第三場所」

美國學者雷・歐登伯格（Ray Oldenburg）提出，城市人的生活，由三個地方所組成：「第一場所」（the first place）是「家」（home）、「第二場所」（the second place）是「工作場合」（work setting），而「第三場所」（the third place）則是「非正式公共生活的核心環境」（the core settings of informal public life）。

圖書館、咖啡室這些第三場所，是為了逃脫家居和工作場合的思想和壓力而存在，是社區為城市人而生的中立地帶（neutral ground）：可以互動，可以不互動；腳程很短，來去自如，人際關係和諧又不過於親密；不講身份差異，可以讓城市人在公共場所裏純粹以個性來行動。在第三場所之中，我們得到了一刻的快樂。

這樣看來，「茶餐廳」就是香港的最佳「第三場所」。套用雷・歐登伯格的說法，就是 the great good place，一個「正到極」的地方。茶餐廳不會中途休市落場，大部分不用也不能訂座，所費無幾。提起嗓門聊天，少有怪責；默不作聲，無人干涉。如此人來人往，就是香港大眾最理想的避世之地。茶餐廳不像家和公司，沒有沉重的感情負擔要兼顧，卻有可以暫時逃開世務的安全感。

## 三點三西多士的焦糖香

如果香水公司要開發新一批空間香水，我希望他們能考慮一下「三點三茶餐廳」：前調是檸檬（凍檸茶來了），中調是焦糖、奶香、海鹽（花生醬的鹹），後調是木和苔蘚（抹檯啊縮手啊）。不妨也混些煙味。

做茶餐廳西多士，實在太容易，沒有什麼好談，十分鐘就可以上桌。香港西多士分成煎、炸兩種；煎的香軟，炸的酥脆，現以炸為大宗。麵包是用帶皮的白方包好，保證不會太輕身。不喜歡花生醬的話，用咖央醬也不錯。

三扒兩撥就炸了西多士，可以沾煉奶或糖膠來吃。不如做些糖膠（golden syrup）？把白砂糖和水一直加熱，顏色轉成金黃，就是化學反應「焦糖化」（caramelization）。金黃剛好，顏色一直變深的話，就會越來越苦。

你會像我一樣，用叉子在西多士上刺孔，讓牛油滲進方包內嗎？會先切成九宮格的樣子，然後才澆糖膠？原來在家做出來的西多士總比不上茶餐廳，是因為我們缺了一塊濕淋淋的檯布。我們需要一塊濕檯布——這種說法，又好像不大對勁。

# 西多士

(一人份)

## ◎ 材料

| 西多士材料 |

帶皮白方包　2 片

花生醬　1 至 2 湯匙

雞蛋　2 隻

鮮牛油、食油、鹽　適量

| 糖膠材料 |

白砂糖　50 克

清水　200 毫升

黃檸檬　1 片

## ◎ 做法

1. 白砂糖、清水下鍋加熱，煮至沸騰後加入檸檬。
2. 糖水慢火煮至黃金色後熄火，取出檸檬，立即盛起，放涼凝固。
3. 白方包去邊，抹上花生醬後夾起。
3. 雞蛋加少許鹽，打至鬆發，沾滿方包。
4. 食油下鍋至方包至少一半的高度，大火加熱至攝氏一百六十度。
5. 方包下鍋，中火炸成金黃色的西多士，中途翻面。
6. 西多士上碟，放上鮮牛油，靜待其融化後抹開。
7. 澆上糖膠享用。

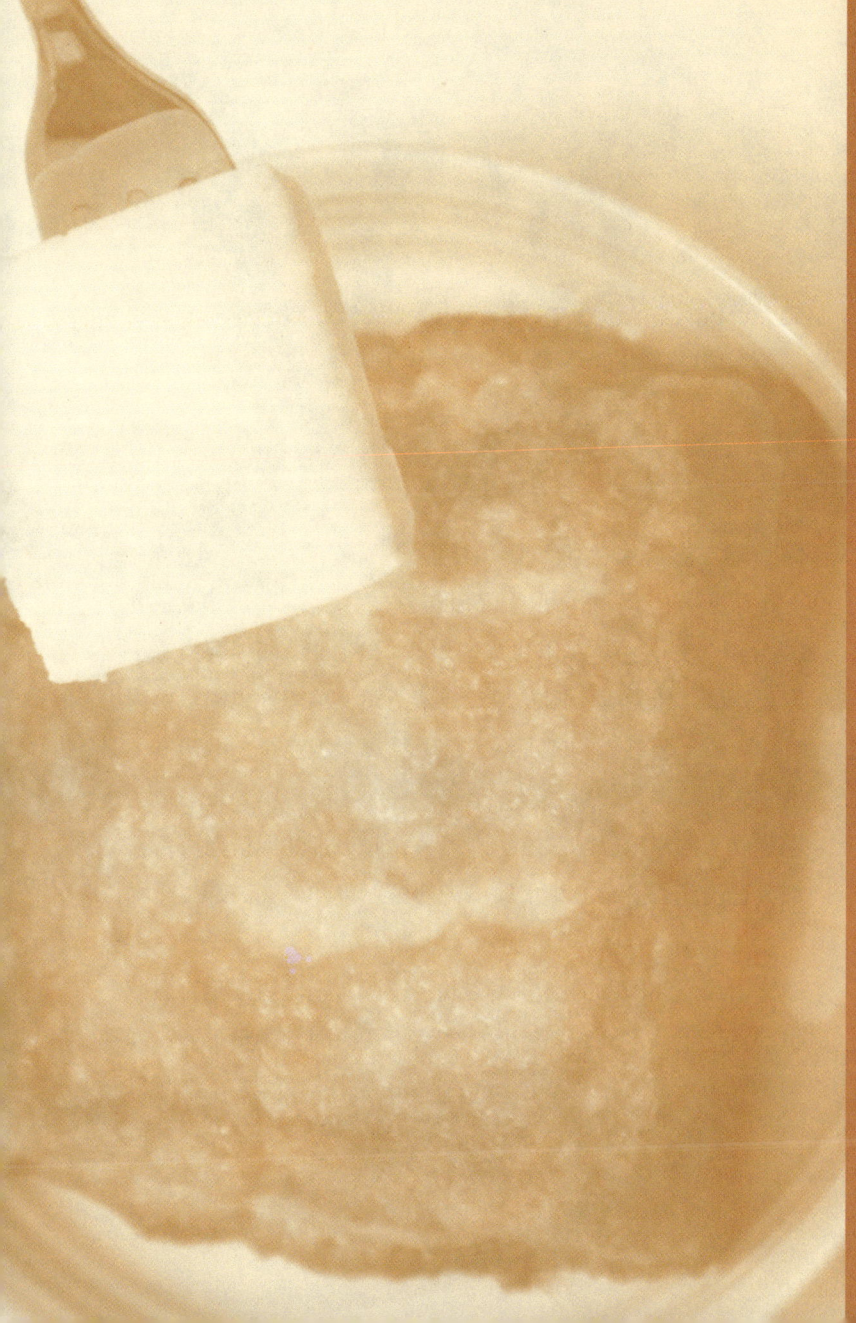

# ※屋邨酒樓與芝士伊麵

光顧了三十多年的屋邨酒樓不獲業主續租，已於二〇二四年三月停業，遷往別處重新開張。這已是它第二次搬舖，有很多熟客湧出來話別。它會搬去一個離我家較遠的地方，以後很難再光顧，要跟燒雞、片皮鴨、芝士伊麵、免費紅豆沙說聲再見了。儘管我在停業前已多光顧兩遍，但依然是那麼念念不忘。

## 屋邨酒樓　抵食夾大件

曾有學生問我，什麼是「屋邨酒樓」；我想，「屋邨酒樓」的基本條件，是在公屋或居屋屋邨內經營，又或是以服務屋邨街坊為本的廣東酒樓。客人通常都是貪其就腳方便，歡迎搭檯，而且價錢實惠。菜式質素呢？正正常常就好，不用創新，不須炮製驚喜——不要突然告訴我，不再賣我每次都會點的那道燒雞。相較酒店中菜廳，屋邨酒樓就是現在會說的「CP值高」、「性價比高」；老套一點，即是「抵食夾大件」。

「抵食夾大件」這詞語很妙：客人不會預期食物的味道很好；反而早知食物質素平庸，但求製作體貼，吃得開懷吃得飽。每個人心中都有一所「屋邨酒樓」，這是大眾生活重要一環。我從小學開始光顧我的屋邨酒樓：收到一張滿意的會考成績表、考上大學、提交了埋首努力已久的計劃書、家父六十大壽、無數年三十晚、母親節、冬至……連舊同學的婚宴和某些喪事後的午飯，都在這裏度過。我不會邀請區外朋友一起光顧，因為不是街坊熟客的話，不一定吃得自在，反而會在意桌上每套殘舊的杯碟碗筷。

## 店家客人　熟不拘禮

香港有幾所街知巷聞的屋邨酒樓，好像深水埗蘇屋邨的「德馨苑」、牛池灣彩虹邨的「金碧」、沙田瀝源邨的「富東閣」，以及屯門三聖邨的「海天」。這些酒樓沒有 dress code，不用優雅端坐，大家盡情放聲交談，托腮夾餸。有時候是挺吵的，不要妄想是國金軒、逸東軒、夏宮和富豪金殿的氣氛。香港最好吃的填鴨，我覺得在「沙田 18」；但我最喜歡吃的，是這屋邨酒樓的「$148 二食片皮鴨」。我叫它做「亂咁切鴨」。

我的屋邨酒樓，連開瓶費也懶收，一口氣開十支不同牌子的紅酒白酒，也無人白眼；部長會上前問客人要不要開瓶器、冰桶；傳菜會逗笑說「今日你一定發吃達」。想來「屋邨酒樓」挺符合美國學者雷．歐登伯格所定義的「第三場所」：店家不會排斥「生客」，店員對陌生的客人同樣熱心；但店內明顯有老顧客可以識別，他們都會甚有默契地坐在固定的座位上。

大概是小時候都跟着大人來，長大後也沒有在新年派過利是、訂過年糕；店內都沒有人問過我姓什麼，只是叫「阿妹」（跟其中一個店員同名）。我既不是生面口，也不是有名有姓的客人，所以店員會着我自己挑桌子。出來工作後，真的好像「發咗達」，想到什麼就點什麼。此後，部長跟我說得最多的句子，是「阿妹你叫太多餸」。我跟傳菜阿姐說得最多的，則是「唔該要兩個外賣盒」。有時又把自己家的食物盒都帶去酒樓。阿妹挑了三十年桌子，性情沒有長大，胃口卻越來越大。

## 中式芝士焗伊麵　配料豐儉由人

「芝士伊麵」是很多街坊都愛點的菜式，但點的方式並不相同：人多熱鬧那桌，點 $468 的「芝士龍蝦伊麵底」；預算有限的，點 $268 的「西澳龍蝦芝士伊麵」；只是來吃家常便飯的，點 $138 的「芝士大蝦伊麵」。某夜我跟 P 去吃晚飯，我要點 $468 的；但部長不樂意，覺得 $268 已經可以。雙方爭持一會後，我乾脆拋出一句：「我打算帶回家吃，你幫我寫啦！」部長認輸了，不哼一聲向櫃檯走去。現在回想起來，有點抱歉。我當時實在不好意思告訴他，我早上遇到了一件倒霉事，很想化悲憤為食量。

芝士伊麵，應該算是用放了芝士的上湯來焗的伊麵。屋邨酒樓的中式芝士汁，不用如芝士撈丁的港式白汁般炒「麵撈」。有些人像在做茶餐廳湯底，用上忌廉雞湯、淡奶；我覺得都不需要，只要拿出我平時不愛用的罐頭清雞湯，加上美式芝士片就行，讓人一下子吃得出那人工雞湯的鹹味，這才是抵食夾大件。若用龍蝦做，可考慮起球；用帶殼的蝦，或是最化算的急凍蝦仁，最好開背入味。伊麵小的不夠吃，寧願煮一個大的，按蝦的數目加減，多好。

最後一次去酒樓，點了我暫時仍不敢做的「西澳龍蝦芝士伊麵」。當晚看不見龍鳳大禮堂，因為有人擺酒，間成廂房了，房門口貼着「陳府壽宴」。我們吃飽之時，陳府仍未開席，房內客人在唱〈無心睡眠〉、〈世間始終你好〉和〈只有情永在〉。性情雖沒有長大，但世故還是會長進。我再也不怕跟生活的一部分說再見。念念不忘，但不用想念至死去活來。「有朝會暫別離／不會成障礙」，芝士裏都找到愛。

# 芝士大蝦伊麵

二人份

◎ 材料

大蝦　6 隻
伊麵（大）　1 個
美式芝士片　4 片
罐頭清雞湯　約 300 毫升
蒜頭　3 瓣
乾葱　1 個
鹽、白胡椒粉、糖、粟粉、食油、開水、青葱粒　適量

◎ 做法

1. 大蝦洗淨抹乾，去掉刺、鬚、腳。
2. 切開蝦背，取出蝦腸，以鹽、白胡椒粉醃起備用。
3. 蒜頭、乾葱洗淨，切碎。
4. 伊麵煮軟，汆水、晾乾備用。
5. 蒜頭、乾葱下鍋爆香。大蝦下鍋煎至半熟後取出。
6. 鍋加入清雞湯，煮沸後加入芝士片，以糖、開水調味。
7. 伊麵、大蝦下鍋，慢火拌勻。可用粟粉水或開水調整稠度。
8. 伊麵上碟，鋪上大蝦，以青葱粒裝飾即成。

## ※用書香做蛋糕

某回與文友論及本地書店的藏書量，聽到最誇張的情況，是一間自稱是「書店」、店面寬敞的店舖，只放一個小書架的存貨，嗅不出半點書紙的氣味。若這也算是書店的話，我的書應可以拿去開六家書店了。我們常把書紙所散發出來的獨特氣味，喚作「書香」；到底「書香」，是種怎樣的氣味？

### 嗅覺與呼吸共生

「嗅覺」是最厲害的感官經驗：觸覺、味覺、視覺不能遠離物質本身，必須與由身體與物質接觸而引發；聽覺可以在空氣之中傳播，但有耳塞在手的話，還是可以拒絕外界聲音。嗅覺呢，我們只有順從各種香氣與臭氣，無從掙脫；因為它與我們生命中的每一口呼吸共生，滲入我們的每一秒。這樣看來，嗅覺就是最具生命力的感官經驗。

人類對氣味的偏好，往往與他們的文化背景和記憶有關。瑞秋・赫茲（Rachel Herz）在《嗅覺之謎：生物演化與免疫基因；社會學與文化史；品牌行銷到未來科技，探索氣味、記憶與情緒的嗅覺心理學》（*The Scent of Desire: Discovering Our Enigmatic Sense of Smell*）中說明，如要得知大眾對氣味的純粹好惡，就得除去「個人經歷」和「文化養成」對他們帶來的影響。同一種氣味對於不同的嗅覺主體而言，可以是喜歡，也可以是討厭；可以得蒙安撫，也可以引發恐懼。

## 「書香」有多香？

不論是賣新書、舊書的書店，又或是圖書館、藏書閣；走進去的人，第一時間嗅到的，是「書」的氣味。很多人會稱這氣味為「書香」。當代的「書香」指書本的氣味；而「書香」在古代漢語的詞意，則指讀書風氣，即是現在我們說的「書卷氣」，指向愛書的人。

對愛書的人來說，「書香」就是我們所追尋、眷戀的生活氣息。正如瑞秋・赫茲所言，每個愛書人喜歡「書香」的背後，所涉及的文化背景和個人經歷，皆不盡相同。每次嗅到書香，我都能回味小時候上圖書館，用小跳步前往兒童專區的興奮心情。

電子書當下大行其道，用閱讀器來看書的人越來越多，愛其便宜、省空間、省時、省力；有的作家甚至不再出版紙本著作，把筆桿瞄準在電子書市場上。愛書的人也看電子書，但往往更鍾情紙本書，為的是紙本書那觸感、氣味。這些是電子書暫時不能完全取代紙本書的理由。

新書有屬於新書的氣味，舊書有屬於舊書的氣味。印刷書刊的氣味，一概來自紙張、油墨、膠、皮革，出版後再加上歲月的抓痕。數個比較有個性的香水品牌，都曾推出以「圖書館」、「舊書」為主題的產品，挑選皮革為中心香調。

有趣的是，愛書人所嗅到的書香，原來會帶着飲食意象。不少研究者均曾致力蒐集人類用來形容「書香」的字詞，其中包含了很多與飲食有關的氣味，包括蘑菇、威士忌、咖啡、紅茶、焦糖、杏仁、雲呢拿和朱古力。

## 書香與空間

書店、書房、圖書館及藏書閣等存書空間，是尋找故事的好地方。不只書中有故事，它們本身也常是愛情故事的中心場景，例如《網上情緣》（*You've Got Mail*）賣童書的書店、《摘星奇緣》（*Notting Hill*）賣旅遊書的書店、《情書》（ラヴレター）的學校圖書館、《一頁台北》的誠品通宵書店。這些空間有時是殺人魔的所在，如《圖書館奇譚》（ふしぎな図書館）、《安眠書店》（*You*）；有時是推理、探險之旅的中途站，如《古書堂事件手帖》（ビブリア古書堂の事件手帖）的舊書店。還有《哈利波特》（*Harry Potter*）裏的新生，都趕去買課本的地方。尤其是存有初版、善本、舊書的書店，古意盎然，更是迷人。

說到舊書，我想起了一位研究院同學。當年系所有一間叫「資料室」的大房間，存放紙本文獻、舊書，以及歷年學生的紙本畢業論文，由研究生當值打理。我在其中一個學期，獲派與某同屆碩士生一組，負責上午當值。這同學人很友善，因專研宗教、哲學文獻，每愛討論鬼神、詭異之說，思路十分敏捷。他予我最深刻的印象，並非鬼神、詭異之說，而是他每次輪值，都會遲到一小時。幾次下來，我問他遲到的原因，他說因為熱食會影響紙張的濕度；為了保護文獻，他不能帶早餐到資料室吃，所以只好吃飽早餐才來當值。直至最後一次當值，我也沒有質問他，為何不在當值日提早一小時吃早餐。愛書就好，不用深究。

## 書香所做的蛋糕

雖然那同學當時的思路，讓我哭笑不得；不過，他愛護書本的基本概念很正確，就是「忌水」。水分不但會破壞個別書本，也會助長蟲類、黴菌滋生，破壞整個藏書空間。有些書庫的滅火方法不是灑水，而是抽取空氣。

雖然圖書館、書庫、書架之間不可飲食，但我們還是會嚮往靠近書本的餐飲地方。如果能供應一些貼近書香的餐食，愛書人的確又有了一個逗留的理由。喝的通常是咖啡和茶；吃的可以是用糖、杏仁、雲呢拿和朱古力來做的點心，不用加熱，減少干擾書香的強烈氣味。

這樣的點心，讓我想起英國威廉王子（William, Prince of Wales）喜歡吃的朱古力冷藏蛋糕（fridge cake）。這蛋糕材料簡單，做法一氣呵成，不用烘焙。把 fridge cake 譯成「冷藏蛋糕」，稍感沉悶；不如老套些，叫成「書香蛋糕」好了。堅果、糖果、餅乾、朱古力的口味，可以自行配搭；若能喝酒，添些威士忌亦不錯。蛋糕用上的可可漿，可換成更精緻（又更昂貴）的朱古力漿。

在書香之中喝着黑咖啡、吃幾口蛋糕，然後打開自己喜歡的書。閱讀給我們的快樂，從鼻子開始。

# 書香蛋糕

約四人份

◎ 材料

消化餅　200 克
可可粉　30 克
無鹽牛油　60 克
糖　50 克
即溶咖啡粉　1 湯匙
清水　100 毫升
朱古力　80 克
鮮忌廉　80 毫升
去皮杏仁片　50 克
雲呢拿精華　2 茶匙
原粒帶皮杏仁（裝飾用，可省略）　適量

◎ 做法

1. 蛋糕模墊上烘焙紙或抹上牛油。
2. 製作可可漿：可可粉、牛油、糖、即溶咖啡粉、清水下鍋，慢火加熱，持續攪拌。
3. 可可漿煮至沸騰、均勻後熄火，加入雲呢拿精華。
4. 搯碎或敲碎消化餅，變成五毫硬幣的大小。
5. 在消化餅中拌入去皮杏仁片。
6. 可可漿倒進餅碎中，快速混合。
7. 把可可漿餅乾倒入蛋糕模，仔細鋪平、壓實。
8. 慢火加熱鮮忌廉至開始沸騰，立即離火，倒入朱古力碎內，攪拌至朱古力碎融化成朱古力漿。
9. 朱古力漿倒進蛋糕模中。搖晃蛋糕，直至朱古力漿填滿蛋糕表面。
10. 以原粒杏仁和切碎杏仁裝飾蛋糕，置於雪櫃至凝固，約需三小時。
11. 蛋糕脫模，切件上碟。

# 第二章

# 春去秋來冬又至

# ※春分養生多吃甜

## 春分吃甜好時機

春分是吃甜的好時機。多沾甜，少沾酸；食用紅棗、蓮子、蜂蜜等，可以養脾益氣，一解春困。我素來不大吃紅棗，整年吃不到廿顆。唯獨春分清明之際，會隨興做些紅棗茶食，湊湊熱鬧。先奉蓮子紅棗茶，煮茶後用茶料做蜂蜜棗蓮糰子，一茶兩食，共惜春芳。

## 《紅樓夢》的建蓮紅棗湯

做蓮子紅棗茶前，先講講《紅樓夢》的故事。某趟天寒欲雪，小丫頭給賈寶玉送來的早點，是用小蓋碗盛着的「建蓮紅棗湯」。「建蓮」指建寧蓮子，就是福建出產的蓮子，與湖南湘潭出產的「湘蓮」滋味分明，藥效亦有別。有些人因賈寶玉「色若春曉之花」，便說建蓮紅棗湯是駐顏妙品。

其實《紅樓夢》寫及建蓮子、棗子的情節，更早見於秦可卿病重時由張大夫所開的藥方。當時秦可卿久病不癒，張大夫給她開一道「益氣養榮補脾和肝湯」，註明以七顆去芯的建蓮子、兩顆大棗為藥引，希望秦可卿撐過春分。看來建蓮子配棗子，正具暖身、提升陽氣之效。這帖藥雖多少令秦可卿安然瞧見春曉，但還是避不過春去花落之時。但願我們都不用駐顏或治病，吃蓮子、紅棗，只為解饞就好。

## 白蓮子與紅蓮子

蓮子，尤其是湘蓮，本身就是美食。袁枚在《隨園食單》的〈點心單〉裏說，「建蓮」比「湖蓮」（即「湘蓮」）昂貴，但也較難煮得好吃，煮不好會「生骨」，也就是我們說的「不透」、「不鬆化」。蓮子最好入口即融，這方面以湘蓮的表現比較出色，所以月餅廣告都愛標榜用湘蓮做餡。

菜式上的「湘蓮」，往往是原顆白色蓮子的姿態。梁實秋在《雅舍談吃》的〈蓮子〉提及，難忘用來吃蓮子羹的「小巧的蓮子碗」、「小銀羹匙」。他在酒席裏吃到做得好的「蜜汁蓮子」，比吃到八寶飯更高興，並說公認最好的是湘蓮。

香港很少人說「買建蓮」、「買湘蓮」，多半說「買白蓮子」、「買紅蓮子」。不少店家會把紅蓮子稱為「湘蓮」，把白蓮子叫「去皮湘蓮」，或直接叫「白蓮子」。有些店家則說「白蓮子」是「建蓮」。市面上去皮湘蓮不少，因為煮食用的往往是湘蓮。我們記着老火湯用紅蓮子；講究賣相、甘甜的菜式如燉冰糖、蜜汁火腿，還有梁實秋的蓮子羹、蜜汁蓮子，這些用白蓮子就可以了。如必須使用建蓮，應找可靠的店家，以免單憑顏色錯認。

## 蓮棗賣相有心得

我們先做的是蓮子紅棗茶，然後用煮過茶的白蓮子、紅棗來做蜂蜜棗蓮糰子。褐色紅棗茶非關紅棗，深濃多來自桑寄生、龍眼乾或蔗糖。這道茶湯不下糖，既求兩食層次，亦得紅棗茶原來的金黃之美。紅棗原顆去核不能用刀，可改用家中用不着的紙包飲品幼飲筒，從頭穿入逼出果核；或用幼身筷子，動作放慢、頭尾相間穿入，很快熟練。

至於白蓮子，火候不足難鬆化，過火則破爛。參考袁枚、梁實秋的做法，加上實際經驗，我煮白蓮子的心得有三：一、不可用金屬鍋，宜用砂鍋；二、不浸發，用熱水沖洗後隨即下鍋；三、不用直接煮熟，中段熄火焗透。

# 蓮子紅棗茶

兩茶碗份

◎ 材料

去芯白蓮子　7 顆
紅棗　6 顆
清水　1 飯碗

◎ 做法

1. 紅棗沖洗後浸發十五分鐘，隔水後去核備用。
2. 清水加熱至沸騰。沖洗蓮子，然後即與紅棗同下沸水。
3. 轉小火，上蓋十五分鐘後熄火，焗十分鐘。試吃一顆蓮子，確定熟透。
4. 取出茶湯至茶碗，各添蓮子、紅棗兩顆，餘下茶料留予糰子之用。

# 蜂蜜棗蓮糰子

四件份

◎ 材料

熟白蓮子　2 顆
熟紅棗　2 顆
白砂糖　1 茶匙
開水　1 湯匙
糯米粉　5 湯匙
暖開水　3 湯匙
冰水　半杯
蜂蜜、已炒黑白芝麻　適量

◎ 做法

1. 取不沾鍋加入白砂糖、開水，中火煮沸。
2. 轉小火，持續加熱至水分減少成略稀糖膠狀。
3. 加入紅棗、白蓮子，搖晃至糖膠完全黏滿棗蓮，熄火備用。
4. 糯米粉與暖開水拌勻，分四份搓圓成糰，中央用拇指壓凹。
5. 糰子下沸水，中火煮至浮起，取出放入冰水降溫，晾乾。
6. 於各糰子中央放紅棗或蓮子一顆，澆上蜂蜜，撒上黑白芝麻即成。

# ※用素茶點送走春天

春天乍暖還寒的天氣，總讓人容易陷入愁緒。香港的春天，總是惹人又愛又恨；這經緯線上的春天短暫而曖昧，還在埋怨氣候潮濕時，初夏驟然已至，驚覺春日一去不回。既然春天捉不住，不如用素茶點，與它道別吧。

## 茹素與去欲

中國詩人為晚春、春殘、春盡寫下了很多古典詩詞，如白居易、賈島等。我最喜歡陸游的〈閑居書事〉:「玩易焚香消永日／聽琴煮茗送殘春」；春盡之時焚香、聽琴、喝清茶、吃素點，可以靜養心神；哪怕夜來總是風雨。

如果飲食是人生的其中一種修行；那麼，茹素就是很多人心目中的靜修。我不是吃素的人；但每次做素食時，總覺得買菜、備料、清理都特別輕鬆。這大概因為豆腐青菜之間，少了腥味；少了切肉洗魚的時候，那種纏住雙手的血肉氣味。春夏煮素、吃素，就是乾手淨腳，免得在潮濕的空氣中嗅着腥味心煩。

每人茹素的原因都不同；茹素的人不一定是為了去除欲望。我們常常聽到別人以「做和尚」，來取笑清心寡欲的人；其實這說法並不準確，大可不必陪笑。金庸的武俠世界盡是神尼高僧，理應清清淨淨，卻是一個個充滿腥風血雨的江湖。其中最有趣的人物，可數《神鵰俠侶》中的絕情谷谷主公孫止。公孫止是出了名的負心、冷血，分明是個魔頭；但他同時是個素食者。他為了練功而吃素，迫使全谷上下陪他戒肉，又強行與小龍女成親；可見吃素的人寡肉，但不一定寡欲。

## 「素菜」未必不是葷

說起中式素菜，香港常見的是「齋舖」，其次是西式素食店。為宗教修行者而煮的中式素食，限制比較嚴格，沒有葷、辛；是種由食材至調味方式都自成一格的素食。面向大眾、一般善信的「齋舖」則比較寬鬆，可以吃到素鵝、芋頭魚、素蝦仁等，以葷菜命名的「仿葷素菜」。

清代袁枚《隨園食單》指「富貴之人，嗜素甚于嗜葷」，可知此類菜式說的不是戒肉素食，而是以精緻、講究的方式來烹調的素菜。這些菜式多以人物來命名，如「蔣侍郎豆腐」、「楊中丞豆腐」等。其中有些菜式比西式的「蛋奶素」、「海鮮素」厲害的地方，在於用料不但不避葷食，上菜時更經常不見葷食之形，卻有葷食之味；如「凍豆腐」的做法是：「將豆腐凍一夜，切方塊，滾去豆味，加雞湯汁、火腿汁、肉汁煨之。

上桌時，撤去雞、火腿之類，單留香蕈、冬筍」，看似是素，實也是葷。

## 糯米粉煎餅　民國叫「煎糰」

以下的榨菜豆腐煎餅是純素的中式鹹點心，變化自民國時希聖的《素食譜》。時希聖的食譜叫「煎糰」，食材只有糯米粉、水、木耳、冬菇、葱屑。我挑了白背木耳和鮮冬菇，換成雲耳和其他新鮮乾菌類亦可；另加了榨菜、芝麻。時希聖說「煎糰」要求「皮薄露多」；即外皮薄、餡汁多。餡汁要靠豆腐了。

清心寡欲是高尚品格，但我只能敬佩，無法追求遠離口腹之欲的境界。在春色已殘的永日中，我願擁抱那散落在柴米油鹽裏的塵埃。

# 榨菜豆腐煎餅

八件份

◎ 材料

| | | | |
|---|---|---|---|
| 糯米粉 | 約 100 克 | 暖水 | 約 100 毫升 |
| 硬豆腐 | 約 80 克 | 青葱 | 適量 |
| 即食榨菜 | 約 1 湯匙 | 麻油 | 適量 |
| 白背木耳 | 1 朵 | 豉油、糖、黑芝麻 | 適量 |
| 鮮冬菇 | 1 朵 | | |

◎ 做法

1. 豆腐用湯匙壓碎，靜置晾水。
2. 乾白背木耳洗淨，清水浸泡至軟。
3. 鮮冬菇洗淨、去蒂，切末。
4. 青葱洗淨，切粒。
5. 即食榨菜、白背木耳切末。
6. 拌勻豆腐碎、白背木耳、榨菜、冬菇、青葱，以豉油、糖、麻油調味。
7. 暖水分四次拌入糯米粉，直至粉糰柔軟如耳珠，即可停止加水。
8. 粉糰分成八份，搓圓。
9. 以拇指把粉糰掐成中空，填入豆腐餡後收口。
10. 粉糰壓扁成圓餅，其中一面以黑芝麻裝飾。
11. 圓餅沒裝飾一面下鍋，中火油煎至微焦。
12. 倒三湯匙清水入鍋，立即上蓋，轉小火水煎至煎餅透明、軟身。
13. 開蓋、添油，圓餅翻面，煎至兩面焦黃即成。

## ※重現「十三妹冷麵」

冒冒失失地闖進某所不常光顧的咖啡店，一開口就對上前迎接的店員說：「你好，我想要一杯『冰美式』。」店員微笑點頭，立刻替我下好單。捧着「冰美式」離開後，忽然覺得不對勁：不對，這家不叫「冰美式」（iced Americano），叫「凍long black」！一定讓店員見笑了，真是不好意思。

「冰」、「凍」、「冷」、「涼」的用法，是個常常令人頭痛的語文問題（至於 Americano 與 long black，則是另一個語文問題）。這還讓我聯想到一道很適合夏天吃的菜式：我們吃的涼拌麵條，應叫「冷麵」，還是「涼麵」？

### 「涼麵」還是「冷麵」？

冷戰時期很受香港讀者歡迎的女作家十三妹，曾在《新生晚報》的專欄散文〈從涼麵談到青島的牛排〉中，提到涼拌麵條應叫「涼麵」還是「冷麵」的問題。話說她某天在「霜崖先生」（即葉靈鳳）的專欄中讀到「冷麵」二字，便覺奇怪；因為葉氏是海派人，不是廣東人；所以上海風味的涼拌麵條，按理應寫成「涼麵」。

十三妹本身也不是廣東人，是祖籍山東的越南華僑，曾遷居至很多地方。她思前想後，認為葉靈鳳之所以稱「涼麵」為「冷麵」，是由於外省人久住香港後，漸漸習慣廣東詞彙的緣故。最有趣的地方，是當時的副刊編輯在十三妹的結論之後，下了按語，解釋「上海人亦有叫冷麵的」。這位編輯，可能是從廣州赴港定居的著名報人三蘇（高雄）。

編輯先生所言非虛：另一位在《新生晚報》寫專欄的海派作家司明（馮鳳三），便兼用「冷麵」和「涼麵」二詞入文，看來不是廣東方言之影響使然。這碗麵一口氣就扯出了，香港報刊文學史代表人物所展現的文化處境，不可謂不「和味」。

如從字意來看，東漢《說文解字》以「寒」為「冷」，可見「冷」正是與低溫有關；而「涼」指「薄」，《說文解字注》認為是「以水和酒」，即用水來稀釋了的酒之意思。「凍」呢？是「仌」的意思，《說文解字注》解為「初凝」，也就是我們現在說的「冰」了。至於「冰」，是「水堅也」，指凝固的水。如此看來，不論地域背景的話，似乎「冷麵」更佳。

## 美味秘訣　盡在「爽口」

涼麵、冷麵不是上海獨有菜式。香港可以吃到各式各樣的冷麵，如盛岡冷麵、中華冷麵、冷素麵、冷蕎麥麵、冷烏冬、越式凍檬、韓式水冷麵、四川涼麵、台式涼麵、通心粉沙律；

還有零食店的撈冷麵。

港式上海菜館涼拌麵條叫「冷麵」居多，但不常賣冷麵，大多只有雞絲粉皮，更莫說是可以伴着冷麵吃的咖喱牛肉湯了。這些菜館的涼拌醬會以芝麻醬、醋為本，總是調得黏稠。芝麻醬有時太多，越吃越苦，沒法整碟吃光。如此涼拌，不可能不膩，並非稱職的前菜。

司明為寧波人士，自滬來港時，已屆青壯年，言談之間總是強調「正宗」，其實是老式之意。他在〈從冷麵想起〉憶述自己在上海所吃的「正宗冷麵」，應只有麵條、醬汁、醃薑絲、芽菜，以「得一『爽』字」。他批評加上「澆頭」（下麵配料，鋪在麵上或隨麵另上）的，如火腿、雞絲，都是「左道旁門」。

另有一位在《新生晚報》署名「阿筱」的小說專欄作家，背景與海派的司明非常相似，常常談及上海飲食。阿筱以第一人稱寫的侍應小說專欄，叫「托盤私記」。他好幾次提到冷麵，如〈吃冷麵必須銀芽多〉、〈雲中燕批評三絲冷麵〉和〈陽春冷麵多芽菜〉等。其中的「三絲」是雲腿絲、雞絲和鮑魚絲。

阿筱在小說中借故事人物為店家偷工減料，用「外國火腿絲」充雲腿絲而嘆氣。這做法現在越來越常見，我也吃過加了三文治火腿絲的「上海冷麵」，感覺有點搭錯線。

熱食的拌麵、撈麵與凍食的涼麵、冷麵，做法與吃法挺不一樣。綜合司明、阿筱等人心得，冷麵要爽口，有三個秘訣：一、熟麵條過冷河後，要拌入熟食油防黏，再行冷藏；

二、多放芽菜；三、減少芝麻醬的分量，甚至不用芝麻醬，只用芝麻油。

## 白蘭地做冷麵汁

十三妹平時不多談論飲食，卻在〈從涼麵談到青島的牛排〉先說起上海「冠生園」的涼麵，再詳細介紹自己家裏的涼麵製法，新鮮感十足。她說的是「涼麵」；這裏大膽改成「冷麵」，用粵語讀起來聲調較高，似乎更加好吃，望十三妹不會見怪。

我們叫十三妹所做的冷麵為「十三妹冷麵」吧。她會在拌麵醬汁中，放少量白蘭地來增香提鮮，吃法新奇。此冷麵挺符合司明、阿筱之言，會用放涼的熟食油拌過麵條；配料則不拘於司明的「上海正宗」，有雞絲、芽菜、冬菇、韭菜花、去皮炸花生。麵汁除了白蘭地外，尚有豉油、醋、芝麻油和辣椒油。

至於十三妹用的「麵」是什麼麵呢？她沒有說清楚。這大概是當年大眾都知曉的家常知識，根本不須說明。香港賣的「上海麵」多是厚實的白粗麵、白幼麵；另有薄身的白寬麵、黃幼麵。涼拌用薄身的黃幼麵最好，但不好買，我買不到，改用薄身的白寬麵。總之用薄身的好。醋則應用黑醋，不用白醋、紅醋。吃過用雞胸和雞髀的雞絲，覺得是雞胸的細緻。

氣溫開始上升，一下子衝上攝氏三十度了，正是「冰」、「凍」、「冷」、「涼」的好時節。十三妹已去多時，當年文字以辛辣見稱；她肯定比一般人更深明降溫之必要。比起貨架上現成的涼拌麵醬、麵汁，我們應會更喜歡名家自製的爽快。降溫歸降溫，辣椒油還是會放；筆尖的火，不輕易下。

# 十三妹冷麵

一人份

◎ 材料

| | |
|---|---|
| 上海麵　100 克 | 韭菜花　50 克 |
| 雞胸柳　50 克 | 去皮炸花生　2 湯匙 |
| 乾冬菇　2 朵 | 豉油、食油、黑醋、芝麻油、 |
| 芽菜　50 克 | 辣椒油、粟粉、白蘭地　適量 |

◎ 做法

1. 乾冬菇浸發後洗淨、切絲。
2. 雞柳洗淨後去筋、切片，用豉油、麻油、粟粉醃至少二十分鐘。
3. 冬菇絲、雞片隔水蒸熟。雞片撕成幼絲。放涼。
4. 上海麵沸水煮熟，夾起後拌以常溫的熟食油，涼透後靜置於雪櫃。
5. 芽菜洗淨後摘去頭尾，快速汆水，晾乾。
6. 韭菜花洗淨後切段，沸水燙熟，晾乾。
7. 用醬油、黑醋、芝麻油、辣椒油調出麵汁，最後以白蘭地增香。
8. 在麵條上逐一擺放韭菜花、芽菜、冬菇絲、雞絲和炸花生。
9. 澆上麵汁，拌勻食用。

## ※ 梨肉小炒潤秋心

秋風起，萬物由榮轉衰，倍感哀愁。想起吳文英在〈唐多令・惜別〉的名句：「何處合成愁？離人心上秋」——「秋」加上「心」，觸景傷情，就是「愁」了。何以消愁？惟有當造甜梨。做一道小菜「梨肉炒雞片」，願能一解秋心。

### 梨肉配雞　薄片快炒

梨甘而寒，多吃有損無益，不少人平日敬而遠之；但大家會在秋天，以燉梨、梨湯、梨膏、梨茶等預防秋燥。明代李時珍於《本草綱目》指梨可「治風熱、潤肺涼心、消痰降火、解瘡毒」。

清代和民國食譜，均可見用雪梨配搭花椒、薑等辛溫食材的雞肉菜式。清代袁枚的《隨園食單》有這樣的「梨炒雞」：「取雛雞胸肉切片，先用豬油三両熬熟，炒三四次，加麻油一瓢，芡粉、鹽花、薑汁、花椒末各一茶匙，再加雪梨薄片、香蕈小塊，炒三四次起鍋，盛五寸盤。」

民國時希聖的《家庭新食譜》，則以「炒雪梨雞」為冬令熱炒。他的「炒雪梨雞」與袁枚的材料相似，用雪梨、雞胸肉，以鹽、麻油、薑汁、花椒碎來調味，另添些冰糖碎。總而言之，就是以雞肉薄片快炒，調味清淡。

## 逆紋切　雞肉嫩

袁枚、時希聖都用上雞胸肉，袁枚更指定是雛雞。我們在外吃到的雞球、雞柳、雞片、雞丁，一律是雞髀肉，很難吃到雞胸肉，想是方便進貨和肉質嫩滑的緣故。我喜歡雞胸肉多於雞髀肉，因為它的肌肉紋理整齊，帶骨的話也是多肉少骨。

想要吃嫩滑的雞胸肉，可注意切肉時的下刀方向。雞胸肉的紋理非常清楚，要避免順紋切，須往逆紋切，即肌肉紋理與下刀方向交錯。肉紋都切斷了，煮好就不會像紙皮那樣難嚼。醃料用鹽，不用豉油，以保清淡。最後下濕生粉，肉片就會嫩滑。

至於雞胸肉是否去皮呢？袁枚、時希聖，以及其他舊食譜也沒說清楚。《隨園食單》另有一道「炒雞片」，有「用雞脯肉去皮，斬成薄片」之步驟。言則沒寫「去皮」的，就帶皮了？似乎不是，因為所有寫「豬腿肉」的食譜，不會明言去皮，卻多指沒有豬皮。考慮清淡的問題，還是去皮為佳。

## 雪梨難求　改用鴨梨

說起秋天，又想到中秋。上世紀五十年代至今，香港中秋的過節習俗變化不大。本地舊雜誌《茶點》有一篇一九五七年刊登的〈中秋賞月　談談香港人的「過節」〉，作者署名「大鵬」。這位大鵬說，當時的香港中秋節，都以廣東月餅和國產水果來應節；廣東月餅尤其分量十足，售價比蘇州、北京、山東、福建及潮州口味的月餅為高。水果方面，則以煙台蘋果和天津雪梨最受歡迎。

現在不論在超市還是街市，問聲「雪梨」，遞來的通常是上窄下闊的鴨梨。雪梨即鴨梨？似乎並不是。《本草綱目》曾說明，梨的品種很多，其中只有乳梨、鵝梨可以入藥，指乳梨又為「雪梨」，「皮濃而肉實」；而鵝梨，即鴨梨，又稱「綿梨」，則「皮薄而漿多」，味道不及乳梨，但較乳梨香。

舊食譜用的是雪梨，我迫不得已改用鴨梨。某年中秋，雖特意去買雪梨，但市面以水晶梨銷情最旺，貨架都是各種圓圓的梨子；莫說雪梨，連鴨梨也難尋。走了幾家，一無所獲，有的店東遞來鴨梨，並解釋「鴨梨」即「雪梨」。後來有位年紀較大的店東說，他知道「雪梨」，舊時很受歡迎；但現在梨的品種眾多，客人漸漸嫌棄雪梨肉硬，銷路不好，所以沒人進貨，恐怕我到果欄也會白走一趟。

聽過老店東的話，只好帶鴨梨回家。梨肉不似預期，仍要潤心。鴨梨比雪梨酸，添些冰糖。假如秋天註定是一個讓我們悵然若失的季節，願我們失去的，永遠只是雪梨。

# 梨肉炒雞片

二人份

◎ 材料

去皮雞胸肉　約 100 克
鴨梨　1 個
乾冬菇　2 朵
花椒　1 湯匙
薑　約 20 克
粟粉　半湯匙
麻油、鹽、粟粉、清水、冰糖碎塊　適量

◎ 做法

1. 乾冬菇沖洗、浸發；去蒂、切成小塊。
2. 雞胸肉洗淨，逆紋切成薄片，以鹽、粟粉、清水稍醃。
3. 花椒沖洗後下鍋，不用下油，炒香後壓碎。
4. 薑洗淨後去皮、剁碎、榨汁，取得薑汁半湯匙。
5. 鴨梨洗淨後去皮、芯，切成薄片。
6. 滾油下雞片，快炒數下，添冬菇塊、花椒碎、冰糖碎塊、鹽、麻油、薑汁，炒勻至熟。
7. 用兩湯匙清水拌勻半湯匙粟粉，與梨片下鍋，炒勻即成。

## ※ 秋天與紅酒浸梨

如果秋天的海鮮是蠔；那麼，秋天的生果就是梨。秋天的生果店，總放着幾箱鴨梨。踏入九、十月，啤梨的味道其實也很不錯。天氣一涼，就開始想念紅酒的濃艷和單寧酸味。這季節用紅酒浸啤梨，是剛好的美味。

### 梨可以燉　也可以浸

鴨梨的話，最好是溫柔地燉。我喜歡在某海鮮酒家，點陳皮燉鴨梨；原個鴨梨燉好上桌，造型漂亮，吃過椒鹽瀨尿蝦後更覺清潤。燉鴨梨最好添些桂花，加上陳皮絲和冰糖。

啤梨的果肉較鴨梨結實，則可以用紅酒先煮後浸。紅酒浸梨，即是把梨浸在一鍋聖誕香料酒裏。先用加有香料的酒或水慢火煮軟；熱食就煮好上桌，冷吃則在雪櫃浸泡過夜。有紅啤梨就用紅啤梨，沒有的話就用青啤梨。青啤梨一時也找不到呢，還可用爵士蘋果。桃則有些過軟，不要煮，直接浸就好。這道甜品用酒不少，可能會讓人「吃」醉。

## 挑選紅酒的入門方法

我是葡萄酒的幼稚園級別，只懂挑選紅酒的入門方法；已懂得自己喝酒口味的人，可以跳過這部分。很多人不喜歡紅酒苦澀的感覺；紅酒的單寧越多，苦澀的感覺越重，道理與茶澀相同。想要避開單寧豐富的酒，按葡萄種類挑酒就可以。

因為賣西餐酒的店、餐廳，很少會把中譯名稱寫在酒單上；所以大家都不會在意西餐酒，尤其是葡萄酒的葡萄和產地之中譯名稱。原文我只能讀個大概，發音不大標準，能溝通就好。以下我會寫回原文，在原文後補充常見的中文譯名好了，方便大家挑選紅酒。

易入口，非 Merlot（梅洛）莫屬，喝起來像帶酒味的果汁；其次是 Pinot Noir（黑皮諾），喝起來較 Merlot 輕盈、薄身。可接受更多單寧的人，主要是喝 Cabernet Sauvignon（赤霞珠）了。完全不抗拒，甚至喜歡苦澀的，一定要試試 Syrah（西拉，可寫成 Shiraz），保證不會失望而回。還有一些紅酒，會混搭不同葡萄。

## Merlot 是溫和的大眾情人

Merlot 味道平易近人，算是紅酒界的大眾情人、好好先生。電影《酒佬日記》（*Sideways*）曾以愛情故事，把 Merlot 的溫和特性發揚光大。這齣電影，改編自美國作家 Rex Pickett

的小說。電影把男主角的前妻比喻為 Merlot，又把孤芳自賞的男主角形容成 Pinot Noir。Pinot Noir 較難種植，收成沒有 Merlot 來得那麼容易，變成了物以罕為貴的品種。故事以酒喻人，一直說男主角非常討厭 Merlot，恨其沒有個性；結局提及一支男主角為前妻收藏多時的紅酒，卻是由一種貴價的 Merlot 釀成。

這種故事人物塑造手法，可說是平平無奇；但電影發表後，有意無意地帶動了 Pinot Noir 的口碑和銷量。不少傳言都指責這齣電影拖垮了 Merlot 種植者的名聲和市場，我覺得這說法太誇張了，根本是八卦新聞。

有人覺得 Merlot 是配角，有人卻讓 Merlot 當主角。Ellen Crosby 是美國懸疑小說名家，寫下了一個以葡萄酒為題材的小說系列。這系列的題材有各種紅葡萄、白葡萄和葡萄產地，包括大眾情人 Merlot。小說叫 *The Merlot Murders: A Wine Country Mystery*，尚未有中譯本，書名大致可譯成「梅洛謀殺案：葡萄酒鄉謎題」。這是個有關一名美國酒莊莊主突然離世的懸案；由於其死因疑點處處，於是他女兒決定回鄉充當偵探，誓要找出殺父仇人。看來 Ellen Crosby 已看穿 Merlot 並不溫和的一面：不慍不火，不動聲色的人，最為深不可測。

## 喝的紅酒　煮的紅酒

愛酒又愛煮的人，應該會存兩批酒，一批用來喝，一批用來煮。雖然這老掉牙的心得已聽過很多遍，但最好還是再嘮叨一次：用來烹飪的紅酒要挑便宜、單寧較少的款式。三四十元一支無妨，沒有壞掉就好。用來喝的，不同葡萄種類我都會挑些；用來煮的則大多是 Merlot，貪其口味順滑而色澤鮮艷。

為什麼要挑便宜的？因為把酒加熱後，酒味會變，浪費了昂貴酒品物有所值之處。有些人以為酒精一過爐火就會揮發，其實改變的只是酒味；酒精是非常頑強的，就算煮兩小時，也不會完全去掉。

雞尾酒「血腥瑪麗」（Bloody Mary）像血，因為它的味道微腥。紅酒像血，則不是味覺的一回事；它的色澤深紅暗沉，是視覺的一回事。也許我已受 Ellen Crosby 的小說影響了，寫着寫着，居然也想寫點懸疑氣氛。真想借醉東施效顰，學小說名家寫一篇〈紅酒浸梨之謎〉。

# 紅酒浸梨

兩個份

◎ 材料

Merlot 紅酒　750 毫升
啤梨　2 個
黑砂糖　8 湯匙
丁香　1 茶匙
八角　2 朵
肉桂　1 支
眾香子　1 茶匙
黃檸檬　1 個
鮮忌廉　150 毫升
即食無鹽合桃　約 20 克
黑砂糖、白砂糖　適量

◎ 做法

1. 紅酒、黑砂糖、丁香、八角、肉桂、眾香子下鍋拌勻，慢火煮至香料出味，熄火備用。
2. 啤梨洗淨，用鐵匙從底部挖去果芯。
3. 削去啤梨果皮。
4. 黃檸檬清洗後榨汁。
5. 啤梨、檸檬汁下鍋，慢火煮至軟身上色，不時轉動啤梨，約三十分鐘。
6. 分別取出啤梨和紅酒湯，放涼後重新倒入同一容器，冷藏過夜。
7. 合桃切碎。
8. 鮮忌廉打至企身，可用白砂糖調味，冷藏備用。
9. 倒出紅酒湯，慢火加熱，以黑砂糖調味，蒸發水分至收汁。
10. 把紅酒汁澆在啤梨上，以鮮忌廉、合桃碎裝飾即成。

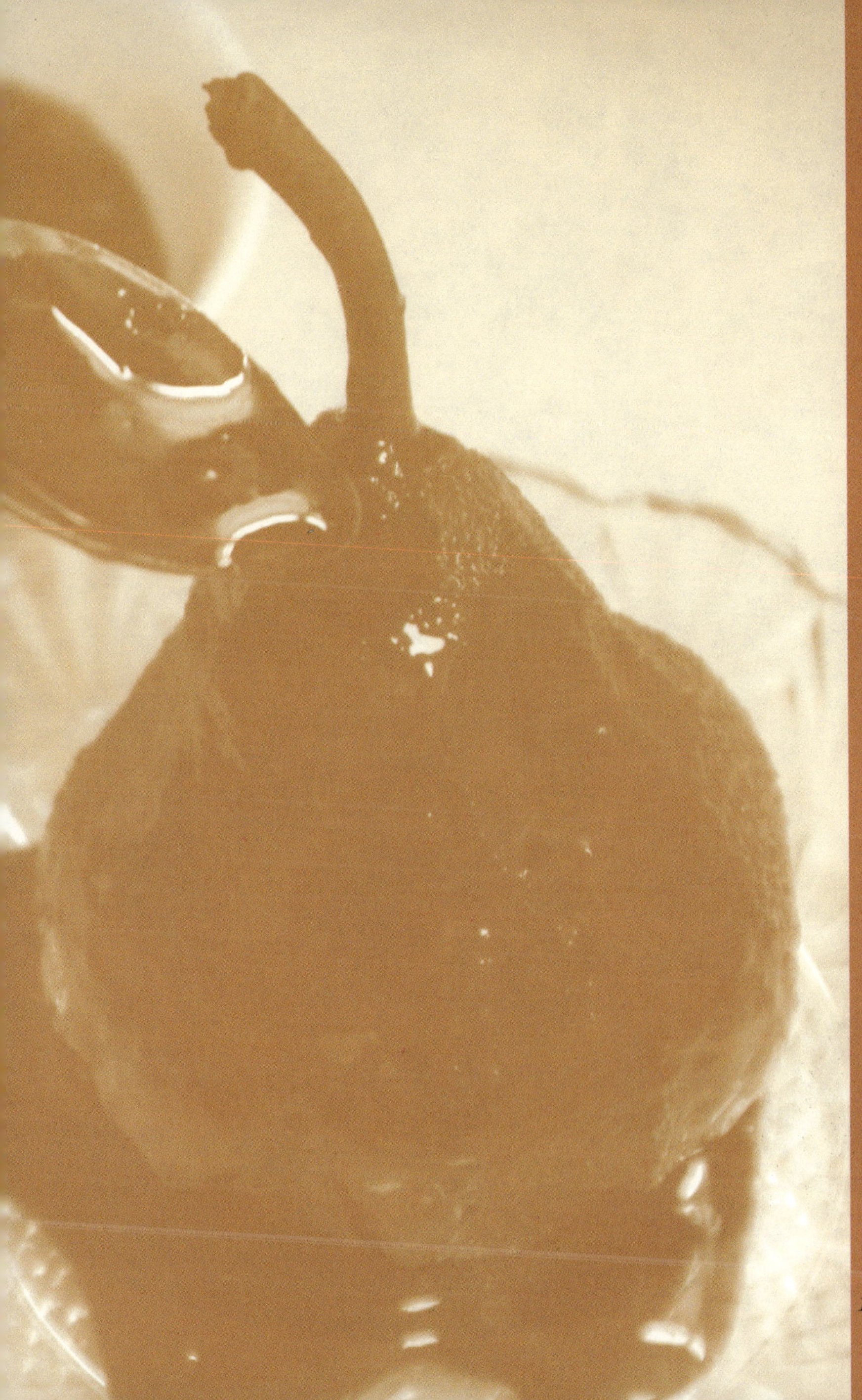

## ※過節蒸比目魚

過中秋，過冬至，我都計劃得是安安靜靜的，不會如年輕時以往那般吃得豐富；但在中式節日，還是能希望吃到蒸魚。

### 白酒：蒸焗海產良伴

吃海鮮，配白酒，這是我們常用的佐酒方式。白酒開瓶後，味道變得很快；走味不好喝時，可以用來蒸新鮮或急凍的海產。如果是未開瓶的白酒，當然也可以先倒出烹飪所需分量，再把佐餐的分量冷凍，菜煮好後就能一酒兩味了。或者再分一點白酒來做浸梨甜品，更加圓滿。

今天想要聊的不是新鮮的海產，而是急凍的；這與我的生活習慣有關。中年以後，我變得不大喜歡到公眾地方，大多會在晚飯後才出門買食材。這個時段的顧客很少；但食材的種類，尤其是鮮魚、鮮肉的種類，比顧客更少。吃凍肉的日子，便越來越多了。

要吃蒸魚，必用鮮魚；這是很多香港人的想法。上海作家葉靈鳳曾在上世紀五十年代成書的《香港方物志》之〈香港的海鮮〉裏，提到香港人對清蒸鮮魚的熱情。他說香港的「海鮮」，不是泛指所有海產，而多指魚、蝦，甚至只有魚；而且「吃海鮮」最好是用鮮魚來「清蒸」。

晚上買食材，自然是沒鮮魚可清蒸。廣東隔水清蒸行不通的話，其實還可以試試西式蒸焗。西式蒸焗不會隔水來蒸，也不會水煮；只靠少許白酒和蔬菜本身的水分，做出蒸的效果。有人稱這蒸法為「無水蒸」。這種蒸魚，可以做成鍋菜，一鍋已很豐富。白酒香氣清新怡人，配搭香草來蒸焗魚肉，就算是急凍海產，也能吃出鮮味。

## 肉嫩比目魚　中西兩相宜

葉靈鳳也在〈香港的海鮮〉，提到比目魚。他提到「七日鮮」、「龍脷」這兩種比目魚，是當時香港漁業行家公認為最上品的魚鮮，因其肉「非常嫩滑細膩」。我們現在廣東清蒸所用的比目魚，如撻沙、多寶魚通常是中小體型，以便原條清蒸。

不只受香港人青睞，比目魚亦很受西菜的歡迎。中小體型可以原條焗、燴、紅燒；大比目魚則可以去骨起肉為魚柳；又或切成帶骨魚扒。香港買到的常常是帶骨魚扒，用煎的很容易散開，最好還是蒸焗了。我喜歡北歐出產的。買到去骨魚柳的話，不妨用來香煎或吉列。

## 以酒入饌的基本原則

挑選用來入饌的酒，有兩個基本原則可循：一、選最平的，一百元有三瓶七百五十毫升那種，完全沒問題；二、口味則選最溫和的，例如紅酒選單寧較少的 Merlot，白酒選沒甚甜味的 Sauvignon Blanc。如果喜歡改用日本酒，可以是辛口清酒或者米燒酎、麥燒酎。

至於配料與調味，不同廣東清蒸的薑、葱；西式蒸焗多配新鮮香草，如蒔蘿、檸檬草和番荽。我選了平葉番荽，它比多用作裝飾的卷葉番荽味道更好。蔬菜要選水分較多、不易變色的；除了我會用的洋葱、番茄外，甘筍、菌類也好吃。根莖類要切薄些，熟透更甜。但願人長久，千里共蒸魚。

# 白酒蒸比目魚

二人份

◎ 材料

比目魚扒　約 400 克
洋葱　1 個
車厘茄　約 100 克
牛油　20 克
新鮮意大利番荽　約 10 克
黃檸檬　1 個
檸檬胡椒粉　2 茶匙
蒜鹽　3 茶匙
糖　半茶匙
橄欖油　3 湯匙
白酒　150 毫升

◎ 做法

1. 檸檬胡椒粉兩茶匙、蒜鹽兩茶匙、糖半茶匙及橄欖油兩湯匙拌勻，做成醃料。
2. 比目魚扒洗淨、去鱗、抹乾。醃料平均擦於魚扒表面和底部。
3. 洋葱洗淨、去皮去蒂，橫切成薄片，散開成圈。車厘茄洗淨、縱切成兩半。意大利番荽洗淨、切段。
4. 黃檸檬洗淨、切薄片。
5. 牛油隔水坐熱至融化。
6. 平底鍋下橄欖油一湯匙，鋪上大部分洋葱和車厘茄。
7. 在洋葱和車厘茄上排好魚扒、檸檬和剩下的洋葱、車厘茄。撒上蒜鹽一茶匙、意大利番荽。
8. 牛油撒於魚扒上；白酒不沾魚扒，澆在鍋邊。平底鍋上蓋，大火加熱至白酒沸騰後，轉小火蒸熟，約八分鐘。

# ※秋天的第一鍋蠔飯

天氣一旦轉冷，我們就進入了吃蠔的季節。雖然現在一年四季，都可以吃到優質的蠔；但秋冬吃蠔，總比春夏吃蠔更多選擇，更有氣氛。

## 吃蠔的「R月份」

關於吃蠔的最佳季節，英語世界有個說法：不要在五月（May）、六月（June）、七月（July）和八月（August），這四個英文寫法沒有「R」的月份吃蠔；因為蠔在沒有「R」的月份不鮮美、不優質。

著名美國飲食作家費雪（M.F.K. Fisher）的其中一部傑作，叫《牡蠣之書》（*Consider the Oyster*）。她用了一整部書，來討論蠔的生態、煮法和吃法。那麼她怎樣理解蠔的「R」月份？原來海水在沒有「R」的五至八月，一般會達到非常適合蠔生長的溫度。從前的人呼籲不要在五至八月吃蠔，實可抑制愛蠔者在這些月份的吃蠔欲望，好讓海裏的蠔能越長越肥。無論如何，秋天盡是可以吃蠔的「R」月份；我們準備好了。

## 生吃熟吃　各有滋味

蠔有時叫牡蠣，有時叫蚵仔。它們可以生吃、高溫炸、快炒、浸泡，都是美食。我認識的人裏，有一半人愛死生吃，有一半人則寧死也不生吃。兩種朋友對蠔的愛恨，大多源於蠔的海水味、金屬味——不喜歡吃蠔的人，會叫這味道做「鐵鏽味」。

對於愛生吃蠔肉的人來說，生蠔肉配着冰凍的香檳或Chablis（夏布利白葡萄酒），就是秋天給我們的禮物。費雪說生吃的時候，要配以用蛋黃醬和大量香草調製的他他醬（tartar sauce）。愛吃熟的，在咬一口酥炸蠔後，再啜一大口黑啤，又是另一種愜意。又或者像〈傾城之戀〉中的白流蘇那樣，用去殼的小蠔肉，為愛人煮一鍋清蒸蠔湯？只是要當心，不要像白流蘇那樣，在街上傻乎乎地給愛人的風流舊識跟回家。多算一個人頭，蠔肉就不夠吃了。

## 廣島蠔乾淨易煮

香港曾是蠔鄉。葉靈鳳在〈蠔和蠔田〉中說，上世紀五十年代初的香港，不僅有大埔、元朗一帶的蠔田；即使是海邊，亦隨處可見小得不能食用的蠔。他點出廣東人最喜歡的吃法，是用來打邊爐、酥炸、曬蠔豉、煉蠔油。本地蠔現在不易買、不好買；打邊爐和酥炸，多以美國桶蠔上場了。

費雪吃的，大概都是新鮮帶殼蠔。我捨不得煮熟可以生吃的蠔，在家煮的是急凍日本廣島蠔。廣島蠔沒有美國桶蠔那麼肥厚，但較桶蠔耐放、耐火；蠔身非常乾淨，在半解凍的狀態下沖沖水，就可以下鍋。用桶蠔的話，則宜用粟粉漿來仔細搓洗，去掉蠔身污垢。

廣島蠔一般由體型小至大，分成 L、2L 和 3L 共三類。L 煮好是蠔豉的大小，適合用來做飯、粥、小炒或蛋餅；2L 的像小金蠔，燒、燜也不錯；3L 較難買到，比桶蠔更豐潤，涮、炸、焗都好吃。

## 蠔肉香滑　米飯入味

煮蠔飯的方法，不外乎是中式、日式及西式。中式是薑葱煲仔飯，用秈米；日式是高湯炊飯，用粳米；西式是白葡萄酒忌廉燴飯，用意大利米。混合三者的做法，用煙肉來做高湯，以燜焗代替湯燴，就可吃到焦香嫩滑的蠔肉，以及軟糯入味的米飯。下鍋用不甜的白葡萄酒，如 Sauvignon Blanc，不用着意找上好的，用隨手買平價貨。盡量用便宜的，好酒留着喝。

話說回來，蠔飯雖好，但不要在秋冬夜讀或看夜場電影前吃。吃得酒足飯飽，加上天氣清寒，自然想睡。以這種倦態去讀書、看電影，註定報答了美食，辜負了好字好戲。

# 白酒蠔飯

兩碗份

◎ 材料

急凍廣島蠔肉　10 隻
煙肉　約 30 克
乾葱　3 顆
蒜頭　半顆
牛油　約 20 克
白葡萄酒　50 毫升
鮮忌廉　50 毫升
新鮮番荽　數束
粳米（珍珠米）　200 克
清水　100 毫升
黑椒、初榨橄欖油、鹽、糖、巴馬臣芝士　適量

◎ 做法

1. 急凍廣島蠔肉置於冷凍格至半解凍，沖洗後晾乾備用。
2. 乾葱去皮洗淨，切絲。
3. 蒜頭去皮洗淨，切碎。
4. 煙肉洗淨抹乾，切細條。
5. 番荽洗淨，切碎。
6. 牛油中火下鍋，融化後下煙肉、乾葱、蒜頭爆香。
7. 下蠔兩面煎至焦黃，蠔肉不可重疊；可分數次煎完。取出備用。
8. 粳米洗淨下鍋，與食材拌勻後，澆上白葡萄酒，略炒至白酒沸騰。
9. 倒入清水，拌煮至清水沸騰，上蓋轉細火煮約八分鐘。
10. 在米飯上鋪上煎蠔，繼續上蓋煮至蠔肉變熟，約三分鐘。熄火焗五分鐘。
11. 取出煎蠔，拌進鮮忌廉，細火煮至冒煙，熄火。
12. 用黑椒、初榨橄欖油、鹽、糖和番荽為米飯調味。
13. 拌入煎蠔，撒上巴馬臣芝士，趁熱裝盤上桌。

# ※秋冬趁熱煲仔飯

小學時，常講一個老笑話：「世上最殘忍的飯是什麼飯？」「煲仔飯！」簡單的語法謎語，也足以用來在同學之間取樂一天；生活曾經如此容易。我們現在只有笑話不夠，最好還可以吃上一鍋煲仔飯。

## 「煲仔」專員　秋冬出沒

現實中的煲仔飯，一點也不殘忍；但從前「煲仔」也像十月懷胎那樣，要靜待時機。烹煮煲仔飯菜的廚師、爐灶本不是長駐四季，只見於秋冬。現在有了冷氣，夏天吃鍋菜也不怕熱昏，煲仔飯才會變成四季應市的美食。

本地舊報紙上有關煲仔的報道，最早約是上世紀六十年代。每當天氣轉冷，食店就賣煲仔飯、煲仔菜，銷情暢旺。據舊報紙的說法，煲仔飯菜只在秋冬上場，負責料理的員工之工作時期不長。他們可以比一般員工晚四小時上班，工資卻比一般員工高，可算是飲食界的專業人才。

## 煲仔、秈米　領銜主演

食店外多擺着數個爐頭，一兩個師傅揮汗如雨地顧火下料。煲仔飯師傅永遠是神情嚴肅、手腳靈活，把煲仔管治得有條不紊，完全沒有偷閒的興致。吃煲仔飯的人，則總是在手忙腳亂地趁熱放豉油、拌勻食材；一個人獨自去吃，也不會太寂寞。

要做好吃的煲仔飯，爐火、白米最為重要；畢竟這菜式的主角就是「煲仔」和「飯」，其他配料是錦上添花。煲仔飯初段用猛火、中段用慢火、末段用中火；鍋具必須耐火、保溫。價錢實惠的中式砂鍋，至今仍然是煲仔首選；另外也常見厚身的不鏽鋼煲。用鑄鐵鍋來煮，效果也很好。

至於米飯，則用長秈白米，即我們日常說的「泰國米」、「茉莉香米」、「長身米」，較能讓從小吃煲仔飯吃到大的香港仔滿意。我平日煮的是粳米，也就是「珍珠米」，吃起來又軟又糯；但煮煲仔飯講究飯焦，換成爽身的秈米更適合。

## 秋風起　食臘味

煲仔飯的配料，大致可分成臘味、海味、鮮肉、蔬菜四類。舊報紙裏的煲仔飯有臘味飯、雞蛋牛肉飯、滑雞飯、田雞飯，跟現在吃的差不多。臘味有臘腸、臘肉、油鴨；最受歡迎的應該是臘腸了。臘味是秋冬時令食材，多油少水，較易做出飯焦。同時用數種臘味的話，油分很充足，不用在烘飯焦前另添食油。有些人會先把臘腸切片、切粒才煮；這樣有時會令腸衣脫落混入米中，我比較喜歡煮熟才切。

配料當中，以臘味、海味最易掌握，接著是鮮肉，最後是蔬菜。煲仔煮白飯，米、水比例一般是 1：1；有配料的話，就須按配料來考慮水量：臘味、海味水分最少，可以是 1：1.1、1.2；鮮肉的醃料有水分，蔬菜本身的水分亦須預計，宜盡量維持 1：1。白鱔煲仔飯很受歡迎；肉餅飯是蒸的好，還是煲仔的好，又是一番糾結。先選臘味和排骨的口味。

# 臘腸排骨煲仔飯

二人份

◎ 材料

排骨　約150克
臘腸　2條
長秈白米　300克
清水　300毫升
青葱　1小株
小辣椒　1隻
青菜　適量
食油　適量

| 排骨醃料 |

豆豉　1湯匙
蒜頭　4瓣
小辣椒　1隻
生抽　2茶匙
老抽　1茶匙
砂糖　半茶匙
麻油　1茶匙
酒　1茶匙
粟粉　半湯匙

| 煲仔飯豉油材料 |

乾葱　1顆
食油　1茶匙
生抽　1湯匙
老抽　3湯匙
砂糖　1湯匙

◎ 做法

1. 先做排骨醃料。豆豉沖洗後壓碎；蒜頭洗淨、去皮，切細末。小辣椒切粒。
2. 混合豆豉、蒜頭、小辣椒粒，拌入生抽、老抽、砂糖、麻油，以及酒，成為醃料。
3. 排骨洗淨、抹乾；與醃料混合後，拌入粟粉。靜置至少三十分鐘。
4. 臘腸洗淨，稍浸熱水去油。青菜洗淨，整理枝葉後備用。
5. 秈米洗淨、晾水。煲仔掃油，下米、清水，上蓋，大火煮至沸騰。
6. 在米上鋪上排骨和臘腸，上蓋，小火煮八分鐘。
7. 青葱、小辣椒洗淨，切碎備用。
8. 在鍋邊澆上一圈食油，上蓋，中火煮六分鐘，每一分鐘轉換一次煲仔的角度。
9. 在飯上灑上葱碎、小辣椒碎，熄火上蓋，焗十分鐘。
10. 焯熟青菜備用。
11. 乾葱洗淨切片，與食油、生抽、老抽、砂糖煮至沸騰。過濾成煲仔飯豉油。
12. 臘腸切片，與青菜放在飯面上桌。吃前拌勻食材，澆上煲仔飯豉油。

## ※冬大過年焗牛腱

有件事挺有趣：明明每年都有冬至，但我沒有在舊報紙找到很多過節食譜，只找到不少當日的街市物價。比較完整的冬至食譜，我只看到一道焗牛腱。原應刊登食譜的版面，都改成社區公益組織為貧戶學子、兒童舉辦聖誕聯歡會的報道，可以視為一種「讓路」。這些聖誕聯歡會會請街坊、小孩吃什麼呢？除了西式餐食，有些活動派的「聖誕餐」，卻是白飯、臘腸、牛腩——這頓中式的「聖誕餐」，不正是冬至的做節飯嗎？

### 家常菜與做節餸

每日上桌的家常烹飪、舊報紙的「每日食譜」，大都是循「異同變化」的意念來換口味：上星期一是豉油雞翼，下星期二來一道豉油豬軟骨。總之是參差交錯，讓人吃起來可以感受四時變化就行。

過節吃的菜式，則不用刻意改變，每年都一樣便好。翻翻上世紀五十年代冬至前後的舊報紙，想找些當年的「每日食譜」，看看報紙寫手會建議大眾冬至吃什麼。冬至前夕，海味店的廣告特別多；另外也有很多洋酒、啤酒廣告。當時有些海味廣告除了賣燕窩、花膠、瑤柱等乾貨；還會推銷現在較罕見的「鮮翅」，標榜「即賣即食」，猜想是已經浸發、處理，可以買回家即日烹煮的魚翅？總之都是預計大家回家過冬的食材。

## 冬大過年，聖誕大過冬？

我一直以為「冬大過年」，晚上的「過冬」比過農曆新年還重要。鍾國強有篇名為〈麻雀冬至〉的小說，描述一個手雕麻雀牌店的東主結業那天，等不到最後一位下了訂單的客人來取貨。由於結業的日子正是冬至，東主猜想因客人並不知道這是最後一個營業日，所以客人當日以回家過節為先。

公益慈善的行政概念似有不同，會以白日可辦的聖誕活動為主軸。公益組織、社區部門會在冬至舉辦的聖誕聯歡會中，派發衣物、食物、禮物。聯歡會，其實是救濟扶貧活動。想想自己的心思，每逢十二月，關心的都是聖誕節多於冬至：香料、聖誕老人、聖誕電影、聖誕布甸。長不大的人，果然是比較喜歡聖誕節。

## 「炆」不同「燜」

選擇無幾，只有炆牛腱可以做。材料很容易張羅，都是街市有的。牛腱不是用來清燉，可以去凍肉檔買便宜的凍肉；金針菜、雲耳、沖菜、米酒、蠔油，都在雜貨檔搞定。在海味檔要少許紅棗，再去菜檔要些生薑、青葱，就可以回家。

所謂「焗」，就是爆炒、上蓋焗熟，與「燜」相似；不同之處在於，「焗」不留太多醬汁，火候以急為主，會用芡收汁；「燜」則求多汁順口，用火必須細慢，不用打芡。如此看來，「焗」有以急火逼出肉類和醬汁味道之感，讓我想起武俠小說中那些運功發勁的招式。

薑葱焗鯉、薑葱焗雞、金針雲耳蒸牛腱、沖菜蒸牛腱，我也吃過；用金針、雲耳、沖菜、生薑來焗牛腱，倒是沒有。沖菜即正菜、大頭菜，很鹹，要多清洗，小心調味。陳夢因在《食經》寫過很多以「焗」為煮法的菜式，如焗牛腱、焗鯇魚、焗燒鴿等。他的焗鯇魚要用「瓦罉」（即砂鍋），又要用芡；焗牛腱同樣用瓦罉，以薑、葱、雲耳為作料，但不用芡。

初次焗牛腱，我暫且放下陳夢因的意見，好奇地學舊報紙的食譜打個薄芡好了。瓦罉我沒有大的，改用鑄鐵鍋，爆炒、保溫一樣好。如用瓦罉，清水要多添半碗。焗牛腱不同於焗雞，上蓋十分鐘後開始試味，覺合意就可埋芡。牛腱要軟滑，醃肉前盡去筋膜即可，看見白色的就削去，一點也不費神。

平日說人吃了一煲「薑葱焗鯉」，取其諧音「屈你」，是指這人不情不願地受了委屈，遭人欺負的意思。如今來一煲「焗牛」，諧音近「焗偶」；「偶」是「我」，變成「屈我」了，似乎有觀照自身，改過遷善之效？焗好牛腱，一頭煙，一頭汗。飯餸在前，想過甚麼節日也可以，起筷就是，無關善惡。

# 金針雲耳㷫牛腱

二人份

◎ 材料

牛腱　約 300 克
金針菜　約 10 克
雲耳　約 10 克
沖菜　約 30 克
紅棗　4 顆
生薑　約 100 克
薑汁　1 湯匙
米酒　2 湯匙
蠔油　3 湯匙
生抽、老抽、糖、粟粉、食油、青葱　適量

◎ 做法

1. 金針菜、雲耳浸發後，切去根蒂。
2. 牛腱洗淨，去掉筋膜，切厚片。
3. 以米酒、薑汁各一湯匙拌牛腱片，再拌以少許清水、粟粉，醃至少二十分鐘。
4. 紅棗洗淨，切半，去核。
5. 沖菜洗淨，根莖切條，菜葉切粒。
6. 生薑洗淨去皮，切片。
7. 牛腱片熱油下鍋，急火爆炒，再下薑片。濳米酒一湯匙。
8. 金針菜、雲耳、紅棗、沖菜、蠔油下鍋。
9. 下清水一碗、生抽、糖各少許，拌炒至水沸，再下少許老抽，上蓋慢火煮十至十五分鐘。
10. 食材煮至軟熟，用粟粉水收汁，以青葱裝飾上桌。

## ※冬至廣東鹹湯丸

我的家鄉在新會，新會不只有陳皮，還有小吃、小菜。想起鄉下親友會在冬至吃的鹹湯丸，覺得挺簡便，也做一鍋吃吃看好了。

### 廣東無餡鹹湯丸

冬至吃湯丸，不是新鮮事。香港人吃甜湯丸的多，吃鹹湯丸的少。鹹湯丸以用軟糯的粉糰包着肉餡的口味，最廣為人識，像顆有嚼勁的餃子，有些人喚它做「客家鹹湯丸」、「家鄉鹹湯丸」。客家口味的鹹湯丸是不是一定有肉餡呢，我不清楚；但很多位於廣東的「鄉下」所煮出來的，應為無餡湯丸。

廣東口味的鹹湯丸，通常指來自四邑或五邑的。四邑就是新會、台山（新寧）、開平和恩平；加上鶴山就是五邑。我的第一碗廣東鹹湯丸，是新會親友某年冬至來港時，與我媽在伯父的廚房做出來的。由於親友人數很多，大家都幫忙搓湯丸，所以那鍋放了過量湯丸的湯汁變得很糊，有點像肉羹。

新會家鄉只是普通村落，鹹湯丸的用料便宜，最貴重的已是乾冬菇。原本會用到臘肉；但我不大喜歡，所以略去。如要精緻些，可以放瑤柱、金華火腿、雞絲、鮮蝦、蟹肉；甚至用骨頭來熬湯底。有些舊食譜會在糯米粉糰內放臘腸粒、臘肉粒。

至於「湯圓」、「湯丸」哪個寫法正確？如依東漢許慎《說文解字》所言，「丸」即「圜，傾側而轉者」，而「圜」即「天體」;「圓」則是「圜全也」。似乎「圓」、「丸」相近，皆與圓形有關，無所謂對錯。香港舊報紙則多見「湯丸」。如買到剛出廠的優質糯米粉來做湯丸，米香充足，可不調味；否則通常帶苦，還是在搓湯丸前撒些糖、鹽為宜。湯丸不要搓得太大顆，才容易熟透。想要偷懶，我會用韓國年糕來代替糯米粉湯丸。

## 大白菜家族

鹹湯丸配料用的蔬菜，是白蘿蔔和旺菜，都是冬天好吃的菜。除旺菜外，黃芽白（紹菜）、娃娃菜等也可以，總之都是大白菜家族成員。修長的黃芽白水分較少，比較耐放，適合過冬之用；我則挑了短小圓胖的旺菜，因它比較甜。

香港作家王良和寫過一首叫〈黃芽白肉丸蛋片湯〉的現代詩，談的不是冬至，而是年三十。他用黃芽白煮的也不是鹹湯丸，而是加入手工肉丸、煎蛋片的滾湯。王良和喜歡親自買食材，又懂得用豬肉來搓肉丸，是下廚高手。用蔬菜煮湯底的話，我亦覺大白菜最為美味，其次是椰菜。大白菜配牛肉、雞肉、豬肉或魚肉都好吃；不用肉類，可以添些大豆芽，煮成非常鮮甜的素清湯。

我只為了自己貪吃鹹湯丸的口腹之欲去做冬至菜，遠不能及王老師為家人張羅團年飯的熱情了；家裏也沒有等着長高長大的人。幸好兩個人搓出來的湯丸不多，湯汁濃稠剛好。

# 廣東鹹湯丸

四碗份

◎ 材料

鯪魚肉　約 200 克
白蘿蔔　約 200 克
旺菜　約 200 克
乾冬菇　4 朵
臘腸　1 條
蝦米　約 10 克
芫荽　2 束
糯米粉　150 克
暖開水　150 毫升
白糖、幼鹽、白胡椒粉、麻油　適量

◎ 做法

1. 冬菇沖洗，浸發至軟。
2. 鯪魚肉以糖、鹽、胡椒粉、麻油調味後，壓成餅狀，煎至結實、兩面金黃。
3. 白蘿蔔洗淨、去皮，切條。
4. 旺菜、芫荽洗淨，切段。
5. 冬菇切片，臘腸切絲。
6. 鯪魚肉餅切片。蝦米沖洗。
7. 冬菇、臘腸、蝦米、鯪魚肉、白蘿蔔、旺菜順序下鍋爆炒。
8. 清水下鍋覆蓋食材，沸騰後轉小火，煮至食材全熟。
9. 糯米粉以糖、鹽各半茶匙調味。暖開水不必完全用光，分四次拌入糯米粉，直至粉糰柔軟如耳珠即可。
10. 粉糰分成兩份，各搓成長條、分切小份，搓圓為湯丸。
11. 湯丸下鍋，煮至浮起，泡數分鐘後調味，熄火。
12. 加入芫荽後上桌。

# ※冬天吃糯米

糯米是屬於冬天的食材。冬天的糯米菜式，首選是糯米飯。糯米雞可算是最受歡迎的糯米飯？另外有生炒臘味糯米飯。

## 糯米的黏性

吃糯米讓人飽滯，因為它黏。李時珍於《本草綱目》言及糯米「其性粘軟」(「粘」同「黏」)：「糯稻，南方水田多種之。其性粘，可以釀酒，可以為粢，可以蒸糕，可以熬餳，可以炒食。」儘管糯米多吃會消化不良；但糯米做菜式，又無處不在：糯米雞、珍珠雞、糯米包、糯米卷、糯米飯糭、粢飯、筒仔米糕；還有用糯米粉做的各類點心，包括我最喜歡吃的豆沙燒餅、年糕、湯丸、糖不甩和香蕉糕。

## 糯米飯的款式

我心目中的那碗臘味糯米飯，不是生炒或是先蒸後炒，而是生蒸。從前有很多小販檔會在冬天賣臘味飯，不是炒的，是蒸的。好像魚肉燒賣那樣，用金屬大蒸籠烘着，有客人來買就掀開白布，一大勺熱飯丟在紙上，問對方要臘腸還是膶腸，要不要葱粒、炸花生，最後澆上豉熟油。這種溫度，不是生炒糯米飯可以媲美。《學生叢書》有篇署名「杜樺」的短文〈叫賣〉，起筆是這樣的：「『臘——味——糯米——飯』街頭拐角傳來一陣刺耳的叫賣聲。」猜想這位「杜樺」是一時記錯了：難道不是叫「臘——味——糯——米飯」更加合乎節奏嗎？

## 生炒糯米飯的悲劇

現在吃到所謂的「生炒糯米飯」，通常是先蒸後炒，成品濕軟，沒有嚼勁，美中不足。真的要炒的話，生炒的味道遠勝先蒸後炒。如果是先蒸後炒，倒不如是生蒸更好吃。好像做意大利飯（risotto）那樣，一邊炒一邊添水，保持飯粒爽身；四個人吃，要弄半小時，想想也覺手軟。

我記得兩段生炒糯米飯的往事，都是悲劇。我不吃蛇，但家人很喜歡吃，哄我說去蛇舖可以不吃蛇，吃糯米飯就行。怎料蛇舖真的有活蛇，我在滿室腥氣中，根本沒法安靜地吃完那碗不知道有沒有蛇的 DNA 的糯米飯。以後每逢看見生炒糯米飯，我就會想起蛇。

某回到親戚家拜年，其中一位女長輩一直躲在廚房不出來，原來是獨自在做十多碗生炒糯米飯。辛苦了超過兩小時，大家都讚她炒得好吃，沒有白費氣力；我媽還即席請教炒糯米飯的竅門。我在一旁聽着，第一次知曉什麼是真正的「生炒」。吃飽糯米飯後，其他人都興致勃勃地去打牌了。那位炒糯米飯的長輩又再回到廚房，默默清洗那隻用來炒飯的鑊。

## 海鮮配糯米　更加香甜

臘味糯米飯用料為糯米、臘腸、臘肉、冬菇、蝦米、葱粒、炸花生、蛋絲，滿是鹹香。我最喜歡的糯米飯，是海鮮蒸糯米飯。每次去海鮮酒家，我都會挑一隻大肉蟹或膏蟹來蒸籠仔糯米飯；明知當場吃不完，是用來打包做消夜的。今人做蒸糯米飯，多以荷葉包之。屈大均在《廣東新語》提到「荷包飯」:「東莞以香粳雜魚肉諸味，包荷葉蒸之，表裏香透，名曰荷包飯。」

台菜有道「紅蟳米糕」，就是我們的籠仔糯米蟹飯。飲食作家陳靜宜在《臺味：從番薯糜到紅蟳米糕》中，從「喜宴菜」的角度出發，分析「紅蟳米糕」之難，在於把握「飯熟」與「蟹熟」的時間；無論是把蟹蒸過火，或是蟹、飯各先煮熟合體，都不算及格。

蟹又豪華又香甜，但工夫較多，自己做可以用蝦。開邊鋪在糯米飯上，撒些金銀蒜，比蟹清甜，冬菇、蝦米都派不上用場。瑤柱倒可以用，提鮮；我懶，直接在糯米中拌些有瑤柱絲的 XO 醬。至於米，糯米蒸好很黏，很多人也會配些白米，中和質地。喜歡爽口就白米、糯米各一半；軟口就把糯米增至三分之二。有人會在先與肉絲一同炒香米類再蒸，比較油潤，視乎自己的口味就好。荷葉我沒有，用烘烤紙來包，另添唐芹增香。我也來叫賣一下：「海——蝦——糯——米飯！無——荷葉！唔包——洗碗！」

# 海蝦蒸糯米飯

一人份

◎ 材料

| | | |
|---|---|---|
| 白糯米　100 克 | 蒜頭　半個 | 小辣椒　1 隻 |
| 白米　100 克 | 唐芹　1 束 | 米酒、生抽、老抽、 |
| 海蝦　3 隻 | XO 醬　約 2 湯匙 | 糖、白胡椒粉、食油、 |
| 青葱　1 株 | 炸花生　1 湯匙 | 鹽　適量 |

◎ 做法

1. 白糯米、白米各自洗淨。糯米泡水一個半小時，白米泡水半小時。至米粒可掐斷。
2. 米類瀝乾，拌入 XO 醬。
3. 米類用烘焙紙包好，置在盤中，隔水中細火蒸三十分鐘。
4. 海蝦用鹽搓洗，挑腸，修剪腳爪、尖刺。縱切開邊，灑上米酒。
5. 蒜頭去皮洗淨，切碎，一半以熱油炒香，一半留生，兩者拌勻成金銀蒜。
6. 芹菜、青葱、辣椒洗淨，切粒。
7. 海蝦鋪在蒸過的飯上，蝦身抹上金銀蒜、芹菜粒、辣椒粒，續蒸十分鐘。
8. 以生抽、老抽、糖、白胡椒粉、食油，加熱調製汁料。
9. 蝦飯蒸後熄火焗一分鐘，澆上汁料，撒上青葱粒、炸花生即成。

# ※牛油酥餅迎聖誕

市面上叫「聖誕倒數月曆」（Advent calendar）的聖誕商品，越來越多。這些「月曆」讓消費者在小食、玩具和化妝品中，走近普世歡騰；而「倒數」所指，到底是什麼？

**「倒數月曆」與「將臨期」**

「倒數月曆」中的 Advent，指「將臨期」，即聖誕節（十二月二十五日）前夕的四個星期天；它並沒有「由十二月一日至十二月二十四日」的意思。「將臨期」其實是個莊嚴的基督教節期；有的宗派還會在將臨期禁食或素餐，以準備身心，迎接聖誕。

以「將臨期」變成的「聖誕倒數月曆」，是商品化的噱頭。這些「月曆」通常是個精美的大紙盒，滿佈小格子；讓我們從十二月一日開始，一天打開一格，直至平安夜。格子大多藏了香料茶包或朱古力；也有唇膏、睫毛液、咖啡膠囊，甚至積木。

「將臨期」與每天換一支唇膏那種喜悅，沒什麼關係；但以香料茶、蠟燭、《聖經》典故為主題的聖誕倒數月曆，我覺得不錯，可以烘托出香港這亞熱帶地區較難感受到的傳統聖誕氣氛。我最喜歡的，是由肉桂、薑、豆蔻、丁香、胡椒、八角、柑橘、紅莓和玫瑰果等香料，所拼配出不同口味的聖誕茶；好像在喝香料酒（mulled wine）一樣。

## 牛油酥餅配香料茶

將臨期前的星期天，是大家開始做聖誕布甸的日子。沒時間做聖誕布甸的話，烤些牛油酥餅（shortbread）來配香料茶，還不錯。牛油酥餅是蘇格蘭（Scotland）的著名點心；在聖誕節時，它好像聖誕布甸般受歡迎。

有人把牛油酥餅寫成 shortbread cookies，其實沒有必要加上 cookies。烘焙中的 bread，不見得只能是我們常常買到的方包和牛角包。牛油酥餅的基本材料非常簡單，只有牛油、麵粉和糖。以香甜濃郁的酥餅來佐微辛帶酸的香料茶，感覺圓滿。

香港很容易買到牛油酥餅。記得遠足的時候，不少人都喜歡帶上一包牛油酥餅；一來它的包裝很整齊，方便收藏；二來它高脂、高糖、高澱粉，是補充能量的理想乾糧。有人叫它「鬼食泥」，就是說吃它時像在吃泥，取笑其質地很乾。

## 材料比例各不同

蘇格蘭國家圖書館（National Library of Scotland）刊載了一則由 Sarah Reddie 撰寫的十九世紀的牛油酥餅食譜，配方是麵粉、糖、牛油、糖漬橙皮或檸檬皮，還有現在罕見的葛縷子糖（caraway comfits）。葛縷子糖是用多種香料來做的糖果，外形像葛縷子。由 Isabella Beeton 撰寫的十九世紀英國著名食譜 *Mrs Beeton's Book of Household Management*，則用麵粉、牛油、糖、甜杏仁、糖漬橙皮和葛縷子籽（caraway seeds）。總括而言，就是可加入香料、果乾和帶柑橘香氣的配料。

至於糖、牛油和麵粉的比例，大致不離三種，分別是 2：4：6、4：2：6、3：3：6。加入配料的話，我比較喜歡大約是 2：4：6 的配方。Sarah Reddie 用了較簡單的乾濕混合法（stirring method），烤好容易過硬；Isabella Beeton 則用了擂油法（creaming method），可令酥餅更鬆脆。

擂油法先以木匙來用力、富節奏地打發糖粉和牛油；再用切拌方式（folding），垂直鐵匙或刮刀，從材料中間開始慢慢以「の」形打圈拌勻麵粉。沒有糖粉的話，可改用普通砂糖，但質地會粗糙些。牛油酥餅可以用專用模具來烤；烤好才切開；也可以像曲奇般用小模具，或手搓成形。配料方面，我選了紅莓乾和能呈現柑橘香氣的伯爵茶葉（Earl Grey）。朱古力碎、果仁碎也很合適。

上過教會的人都知道，耶穌基督其實並不是在十二月二十五日出生的；十二月二十五日的氣候，並不適合讓牧羊人帶着羊群在外趴趴走。搞不好真正的聖誕，是像香港冬季這樣戴戴頸巾就好的溫度？這不是一年四季都會打邊爐的香港人，所能想像的範圍。

# 牛油酥餅

約十六塊份

◎ 材料

麵粉　220 克
無鹽牛油（室溫） 160 克
糖粉　80 克
紅莓乾　2 湯匙
伯爵茶葉　半湯匙
砂糖　2 湯匙

◎ 做法

1. 糖粉、牛油倒入盆中。
2. 用木匙擂打至牛油蓬鬆發白。須打發至糖粒完全消失。
3. 麵粉過篩。
4. 分三次往牛油灑上麵粉，以鐵匙切拌混合材料。如太乾，可添牛油。
5. 麵糰分成三份。
6. 其中兩份麵糰各拌入紅莓乾、伯爵茶葉；留下一份不加其他配料。
7. 麵糰各擀成一厘米半厚，裁成長方形，用竹籤或餐叉在表面刺孔。
8. 預熱焗爐至攝氏二百度。
9. 酥餅放在已鋪牛油紙、掃油的焗盤上，置於雪櫃冷藏十五分鐘；然後用攝氏一百七十度烤焗。
10. 麵糰至雪白微黃、表面光澤消失即成，約二十至二十五分鐘。在烤熟的酥餅上灑少許砂糖來裝飾。

# ※ 聖誕電影中的焗肉餅

聖誕節對很多人來說，就是「假期」的意思。我們當下過的，已不是宗教意義上的、傳統意義上的聖誕節；而是「現代聖誕節」（modern Christmas）、美式聖誕節（American Christmas）——大家興高采烈地吃喝、購物、掛燈飾、擺聖誕樹、送禮物。

## 美式聖誕節與聖誕電影

美式聖誕節還有不可或缺的一項活動，就是看聖誕電影（Christmas movies）：場景必須出現雪或壁爐、餐酒或熱可可、聖誕樹、聖誕大餐、聖誕老人、聖誕精靈、聖誕禮物之類；或是家庭故事，或是愛情故事，或是行善故事。我們從這些電影，學會了什麼是「聖誕節」；正如我們也許亦能從賀歲片《行運一條龍》之中，學會什麼是「年初四」。

我喜歡的聖誕電影，大多是通俗的當代都市故事，包括《寶貝智多星》（*Home Alone*）、《緣份精華遊》（*The Holiday*）和《BJ 單身日記》（*Bridget Jones's Diary*）；還有非常經典的《聖誕故事》（*A Christmas Story*）。《聖誕故事》可算是齣具鬧劇元素的聖誕喜劇，故事沒有很瘋狂，但不時出現誇張情節：如父親贏得一盞女人腿形的燈（leg lamp）、大兒子收到的聖誕禮物是兔子裝、母親請小兒子示範小豬吃飯來哄他用餐、家裏的火雞給一大群闖進家中的大狗吃掉等。這一家四口，最後過了一個快樂但莫名其妙的聖誕節。

## 焗肉餅 vs 煎漢堡

聖誕電影跟宗教意義上的聖誕沒什麼關係，內容通常圍繞趕不及回家、沒有錢過節、約不到人、買不到禮物等，最後是皆大歡喜收場。Christopher Deacy 在其學術著作 *Christmas as Religion: Rethinking Santa, the Secular and the Sacred* 中析述，聖誕電影就像個氣壓計（barometer），在量度我們的自我處境和理想生活。故事人物在聖誕電影中遇見的倒霉事，其實亦是我們每天都會遇見的困難。我們盼望，我們始終可以在特別的時刻，為這些困難找到出路。

聖誕電影把普羅大眾的生活壓力，以誇張的形式呈現於觀眾眼前。《聖誕故事》的母親之所以要騙小兒子扮小豬，皆因小兒子不願意吃晚餐。當晚的餐點是焗肉餅（meatloaf）、煮紫椰菜和薯蓉。母親勸告小兒子說，如有肉餅可吃，飢民會很高興。從這些色澤沉悶、只有飢民才樂意吃的菜式看來，這家庭的生活並不富裕。

焗肉餅是美國家常菜式，花錢不多，就能讓一家人大口吃肉。它的材料與漢堡相似，但不用逐個煎熟；只須把整盤肉送進焗爐就好，省下家務時間。有些人會用磅蛋糕模來為肉餅塑形，有些乾脆搓成肉丸。我參考了數個美國舊家庭食譜，放棄了《聖誕故事》那鍋深不可測的紫椰菜和過於雪白的薯蓉，換上了色彩豐富的甘筍、青椒、車厘茄和番薯蓉。

## 在佳節裏　常存希望

《寶貝智多星》的男主角麥哥利·高堅（Macaulay Culkin）曾說，自《寶貝智多星》上映後，聖誕節就變成了他的節日——每逢在聖誕節外出，陌生人總愛衝上前問他為何不留在家，害得他的聖誕節真的要安靜在家了。也許他已領悟到現代聖誕節的真諦：安寧從來最可貴，而希望不一定存在於佳節。

至於《聖誕故事》的一家四口呢，最後跑去了冷清的中餐館吃晚餐。中餐館的人雖然對聖誕節一知半解，卻落力招呼，還奉上一隻中式烤鴨。故事的敘述者，也就是已成年的大兒子，稱呼烤鴨為 Chinese turkey。就這樣，凡在聖誕節悉心預備的，不論是火雞、烤鴨、乳豬、肉餅，都是 turkey。困難解決的方式，未必跟自己想像的一樣，但總會出現。

# 焗肉餅伴番薯蓉

二人份

◎ 材料

免治牛肉　約 300 克
免治豬肉　約 150 克
雞蛋　1 隻
牛奶　約 200 毫升
克力架　3 塊
青椒　1 個
甘筍　1 條
番薯　約 400 克
車厘茄　約 250 克
麵粉　4 湯匙
牛油　40 克
喼汁　6 湯匙
美式蛋黃醬　適量
各式香料　適量

◎ 做法

1. 甘筍、青椒洗淨；甘筍去皮。皆切幼粒。各留下兩湯匙備用。
2. 車厘茄洗淨，對切。
3. 克力架壓碎。
4. 把免治牛肉、免治豬肉、雞蛋、牛奶三湯匙、克力架、甘筍、青椒拌勻；加入各式香料、鹽、糖等調味，做成肉餅。
5. 把肉餅搓成長形，放在已鋪上牛油紙、掃油的焗盤上。在肉餅上掃油，伴以留下的甘筍、青椒，以及二百克車厘茄。
6. 攝氏一百八十度烤焗肉餅。半小時後每十分鐘檢查一次；竹籤刺進後流出透明肉汁即熟。
7. 番薯洗淨，去皮切塊；用水和鹽煠熟。
8. 熟番薯去水，壓蓉。用餘下的牛奶、牛油十克、鹽、胡椒為番薯蓉調味。
9. 把麵粉和餘下的牛油炒勻，加入喼汁、餘下的車厘茄和烤盤中留下來的肉餅汁拌煮；用清水調開至喜歡的濃度，再以鹽、糖等調味，過濾成肉汁（gravy）。
10. 把少許肉汁抹在肉餅上，再用蛋黃醬、香草裝飾肉餅。
11. 肉餅與肉汁、番薯蓉上桌後分食。

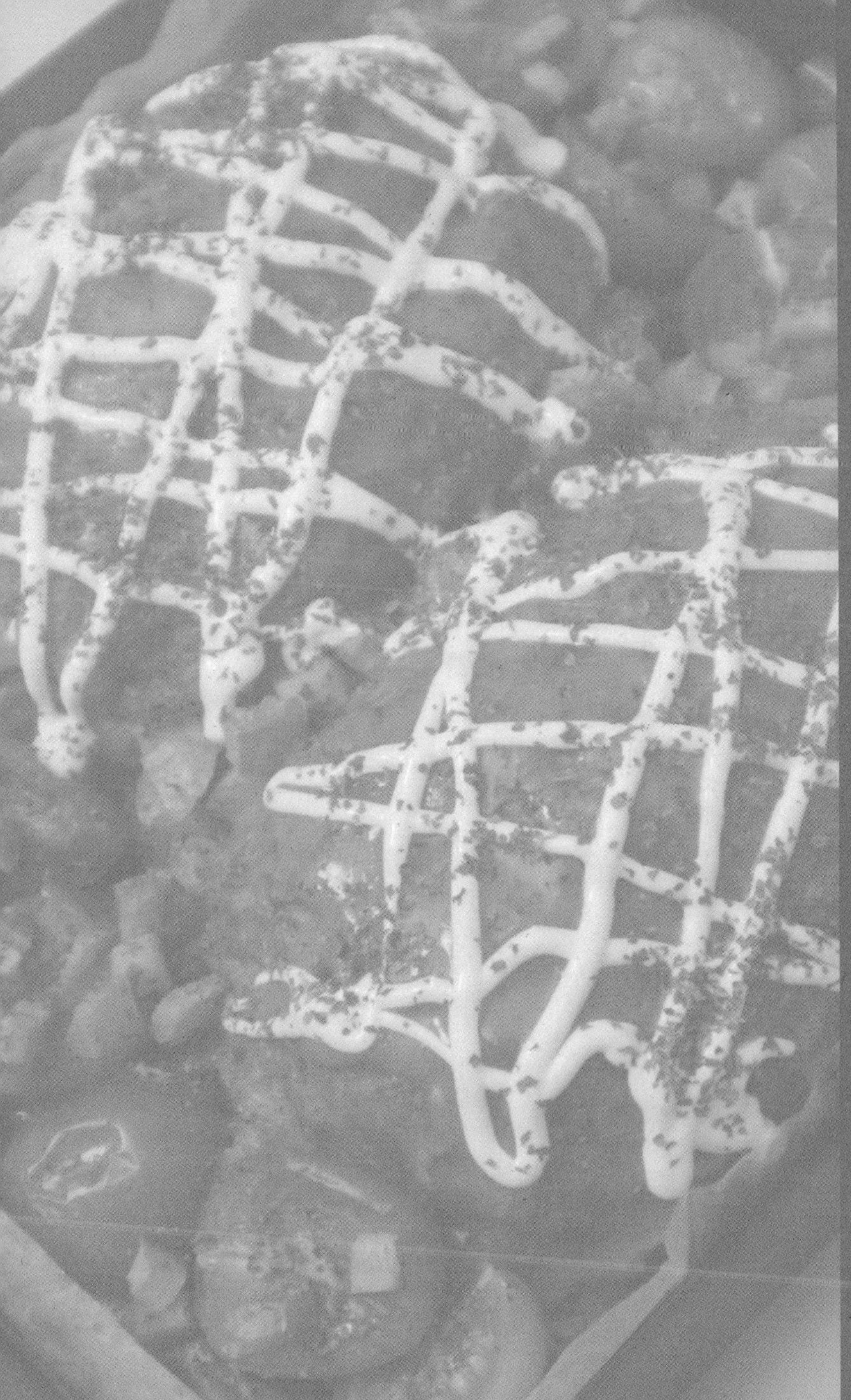

# ⁂ 收爐南乳齋

每逢農曆新年，我的生活便會變得很有規律：早上不想煮飯，中午不想煮飯；晚上窩在梳化裏，仍然不想煮飯；也許這就是「收爐」的意思了。這個時候，我會煮一大鍋南乳燜齋，來過我的收爐節。

## 酒樓茶室　收爐休假

我不知道「收爐」這詞語，是什麼時候出現的。上世紀四十年代《工商晚報》提及的「收爐」和「啟市」，可見於〈酒樓茶室總工會決定　農曆歲底年假六天　尾月廿六收爐新年初二復工〉。這報道講述當時的「收爐日」和「啟市」，須經由「港九酒樓茶室總工會」議決。如有不收爐者，須以特別的工資另聘替工云云。綜合昔日新聞可知，「收爐」就是「休假」的意思了。

酒樓、茶室「收爐」，是否無茶可飲？原來不是。另一則四十年代《工商晚報》的〈酒樓茶室　今日收爐〉說，「有茶癖者」仍可「轉移至茶居光顧」。至於西式餐室，則難以劃一，只決定在指定時間內任取兩日休市。

## 主婦收爐有妙法

一直覺得「收爐」非常耐人尋味：酒樓、茶室收爐，多留在家吃，那就讓主婦加班了。日本也有類似「收爐」的概念，主婦新年不用煮熱菜，改為吃冷冷的年菜（「御節料理」），感覺有點像寒食節。

雖然未達勞資糾紛的層次，但我不大喜歡從團年飯到大年初一、二之間，把幾個掌廚的人困在廚房裏水深火熱的氣氛。如能盡量在年三十燜幾個菜式，加上年糕和盆菜；這樣，主婦也可以過不用煮菜、吃飽吃好的新年了。

燜菜做好後慢慢入味，保存一兩天的，其實比現煮更好吃。可以提早煮好的燜菜，大概是燜海味、燜豬手和燜齋。我不吃豬手，很少吃花膠和海參、蠔油，最後就剩下燜齋。

## 三步煮八寶　南乳口味多

新年不做鹹的羅漢齋，做甜的南乳燜齋。新年以外吃到的南乳燜齋，叫「溫公齋煲」。街上的溫公齋煲沒有閒情去煮，通常把食材焯後與南乳快燜、打芡上桌，水分較多。有時吃到額外混入蝦醬、腐乳來調味的溫公齋煲，真是可惜。

在家煮南乳燜齋，步驟只有三個：一、個別爆炒材料；二、按耐火程度，分次加入材料；三、調味後以粉絲收乾。認真地處理每種材料，不時試味，就會可口。南乳燜齋的材料有菇菌類、茄瓜、根菜、白菜、豆品和粉絲；另有人喜歡白果、紅棗。

至於南乳，可以分成大磚和小磚、散裝和樽裝、鬆軟和厚實、深紅和淺紅等風味。如果沒有找到一種非常喜歡的，可以把不同牌子混合起來，調整風味。下南乳汁前，要先試試味道。

我選了六種材料，加上黑、白芝麻，就是八寶了。年三十晚吃過團年飯後，就開始切料；燜好放涼之時，又搓些湯圓。初一吃，味已足；初二再添些新鮮蔬菜，味道更豐富。生活可以更新，但不一定要去舊。如果未忘昨日的味道，何妨回味。

# 南乳燜齋

二人份

◎ 材料

乾冬菇　4朵
木耳　2朵
粉絲　100克
紹菜　半棵
甘筍　1條
豆腐卜　6個
南乳（連汁）約100克
糖　約2湯匙
酒　適量
清水　半碗
黑芝麻　1茶匙
白芝麻　1茶匙
芫荽　適量

◎ 做法

1. 冬菇、木耳、粉絲浸發。
2. 冬菇、木耳浸發後去蒂。冬菇切片；木耳手撕成小塊。
3. 紹菜洗淨、切段，甘筍去皮、洗淨、切段。豆腐卜略泡熱水去油，榨乾。
4. 黑芝麻、白芝麻不下油炒香。
5. 除粉絲外，所有材料個別用油爆炒，備用。
6. 南乳與南乳汁搗碎拌勻，留下四湯匙來調味，其餘下鍋爆香；加入清水煮開，以糖、酒調味。
7. 下冬菇、木耳，小火燜十五分鐘。注意水分，避免燒焦。
8. 下甘筍，燜五分鐘。
9. 下紹菜、豆腐卜，燜五分鐘。
10. 調整味道後，下粉絲煮兩分鐘或至水分收乾，即可熄火。
11. 灑上黑芝麻、白芝麻，以芫荽裝飾。

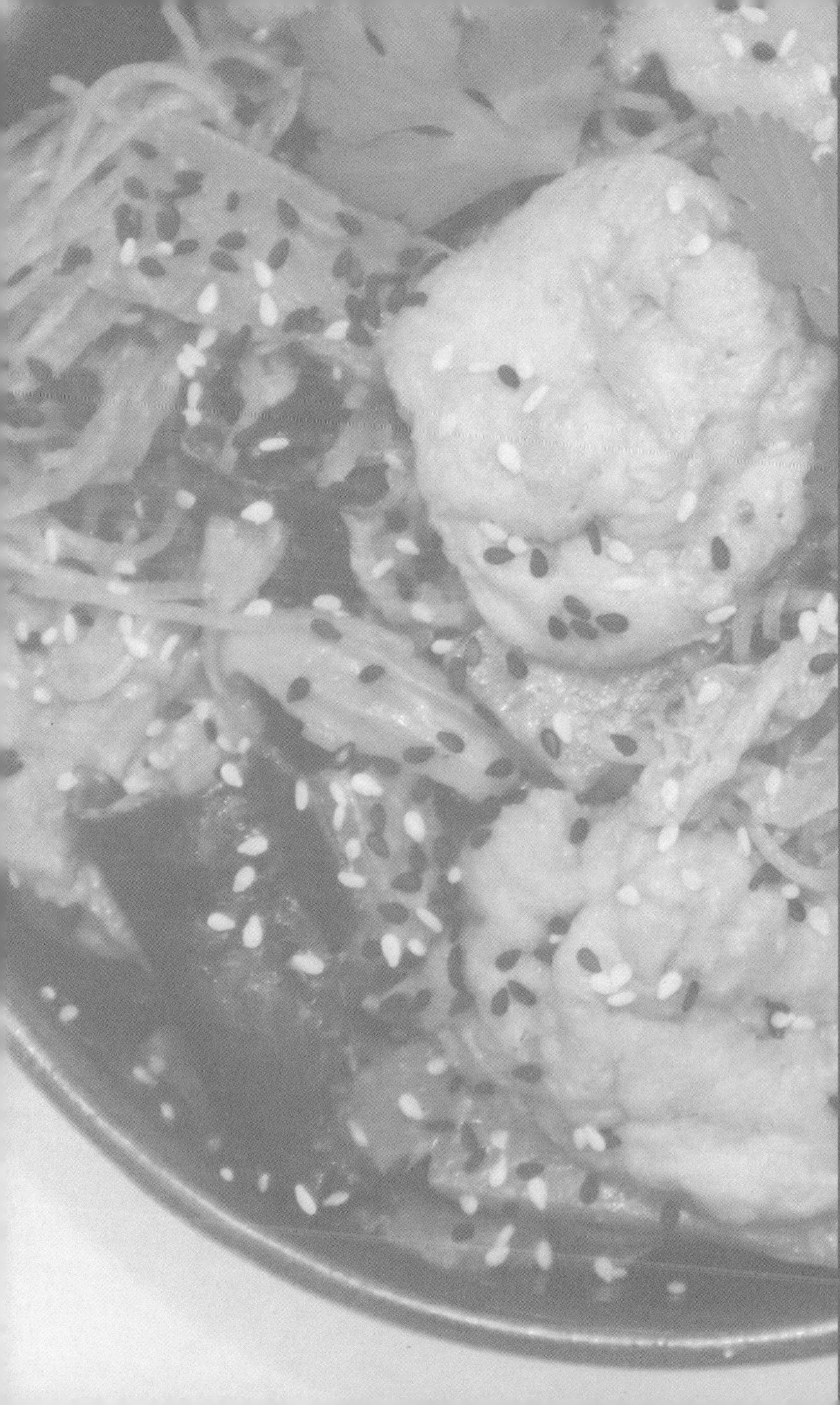

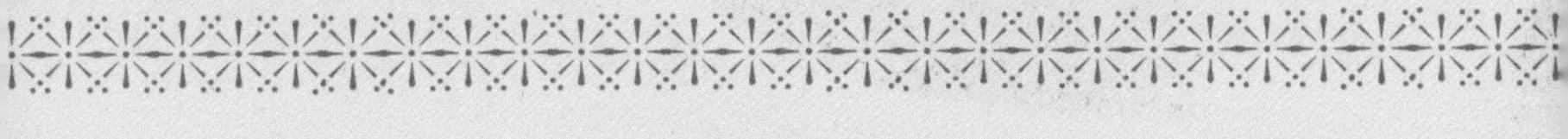

# 第三章

# 東瀛的平凡菜式

# ※昭和的拿坡里意粉

日本史上最關鍵的時代，無疑是「明治」；但最可口的時代呢，我覺得是「昭和」。昭和時代風行的「拿坡里意粉」（ナポリタン），屬日本「洋食」一種，也是昭和喫茶店的經典菜式。它的製作方法非常簡單，至今魅力仍然。

## 昭和洋食與喫茶店

「洋食」是日本從西方菜式變化而成的日式西餐。日本人心目中的「洋食」，就像我們心目中的「豉油西餐」；正如我們不會說瑞士雞翼是外國菜，日本人也不認為，「洋食」完全等同西餐。

有關「洋食」的故事，應由「明治」講起。日本明治時代追求「現代化」，推行「明治維新」。在飲食的現代化上，明治維新從上而下推廣西式烹飪，大幅改造日本人以海產、蔬菜為中心的和式飲食習慣。日本人一時未能全盤接受外來口味，就把西餐改良為帶有和食風格的「洋食」。岡田哲在《明治洋食事始：日式炸豬排誕生的故事》（明治洋食事始め：とんかつの誕生）中，形容「明治維新即料理維新」；說得誇張，卻是實情一二。

所謂「昭和喫茶」，是指由二戰以後至八十年代流行的日本咖啡廳飲食風格，以洋食、輕食為主。潔白、帶小巧花紋或泛銀的餐具；小麥麵食、布甸、手沖咖啡；實木桌椅、昏黃的燈光、悠閒的店員⋯⋯這就是「喫茶店」了。「昭和」歷盡無數風浪，二戰後物資尤其匱乏，餐飲市場以喫茶店這類輕食路線者佔優。於明治、大正之後，昭和喫茶店的洋食正是一雙摩登的手，輕輕撥開了戰後生活的陰霾。

## 「拿坡里」不是「拿破崙」

ナポリタン是外來詞，取名自意大利的 Spaghetti alla Napoletana。我們常用粵語把ナポリタン或 Spaghetti alla Napoletana，一律音譯成「拿破崙意粉」，顯然是個誤會。很多人說，拿坡里意粉由橫濱的廚師發明，聽來合理。因橫濱正是聚集了大量外國人的地方，食店總得百貨應百客，似乎最能帶來更多異國口味。

茄汁是日本洋食的基本調味料，也常用於雞肉飯、蛋包飯上。日本茄汁與我們吃的西式茄汁不同：比西式的清淡，而且質地較稀，所以吃起來甜味較明顯。日本作家森下典子成長於昭和，她在〈蛋包飯世代〉（オムライス世代）中憶述，最初的日本茄汁是玻璃樽裝，使用費勁；後來能用更易操作的塑膠樽，把茄汁擠在蛋包飯上，讓她覺得「整個家都幸福了起來」。

### 日本食材添風味

做這道拿坡里意粉，我們走昭和風，不用新鮮番茄或茄膏。喜歡的話，可以另添喼汁、中濃醬。我還用了日本洋葱和日本小青椒。日本洋葱吃起來和常用的相似，平時不用特別去買。小青椒則肉薄，與大青椒味道有別，苦味更明顯，炒肉絲好吃。至於意粉即「直麵」（spaghetti），可換成其他意式乾麵或新鮮麵，要煮得比意大利菜式的更軟身。加工肉可換成熱狗腸、煙肉、火腿；蘑菇用罐頭的也可以。用白陶瓷碟、橢圓銀盤或鐵板上桌，享用時添些喫茶店常備的巴馬臣芝士粉（grated parmesan cheese）和「辣椒仔」（tabasco）。配個沙津、黑咖啡，就是喫茶店套餐了。

我沒有用鮮艷的茄汁，用了較接近番茄汁的番茄糊，色澤較淡。貨架上有塑膠樽裝茄汁；但看見旁邊的玻璃樽裝番茄糊，就想起森下典子的苦惱，於是帶了回家。我們可以記住昭和的好，以及它的苦惱。

# 拿坡里意粉

一人份

◎ 材料

乾意粉　80 克
洋葱　半個
日本小青椒　2 個
蘑菇　4 朵
雞尾腸　4 條

清水　約 1200 毫升
鹽（煮意粉用）　半茶匙
牛油　10 克
日本茄汁或番茄糊　5 湯匙

黑椒、鹽、砂糖、巴馬臣芝士粉、「辣椒仔」辣汁　適量

◎ 做法

1. 清水煮沸，下鹽半茶匙、乾意粉，按包裝袋指示的時間多添兩分鐘，細火煮軟意粉。
2. 洗淨洋葱、青椒、蘑菇。洋葱去皮切絲，青椒去蒂切幼條，蘑菇切片。
3. 洗淨雞尾腸。兩條切片，兩條表面切紋。
4. 意粉煮軟後隔水，留下半杯煮意粉湯汁備用。
5. 牛油下鍋，中火煮融，下洋葱炒至透明，再下雞尾腸、意粉炒勻。
6. 收至慢火，中央下茄汁或番茄糊，用兩湯匙煮意粉湯汁稀釋，並用黑椒、鹽、砂糖調味。
7. 青椒、蘑菇下鍋，轉中火，拌炒均勻即成。與巴馬臣芝士粉、「辣椒仔」辣汁一同上桌。

## ※深夜上桌的微波爐炸雞

奔波夜歸的日子，又累又餓。這時候，哪裏有像「深夜食堂」這種為人泡麵煮湯的地方，哪裏就是樂園。如附近沒有深夜食堂，也不要緊，只要有雪櫃和微波爐，就可以做自己的深夜食堂。吃飽再睡，別對自己殘忍。今晚一起用微波爐來做炸雞？

### 皮酥肉嫩　炸雞魅力

美式炸雞、韓式炸雞、西檸軟雞，誰不愛炸雞呢。油炸食物的獨特香氣，安撫都市裏的每顆疲憊心靈。雞肉水分、油分恰到好處，而且皮肉質地不同，能各顯酥脆、嫩滑；用來油炸，合適不過。

很多日本漫畫曾以炸雞為題材，如新久千映的《和歌子酒》(ワカコ酒)、吉永史的《昨日的美食》(きのう何食べた?)等。安倍夜郎的漫畫《深夜食堂》裏，也有一道炸雞（唐揚げ）。深夜食堂裏那群夜歸人所點的菜，大部分都是熱食。炸雞故事的主人公叫足立サヤ(中文版把サヤ譯成「沙耶」和「小

夜」），是個為男朋友生活費而工作過勞的女子。她在食堂吧檯前打盹時，會做被兄長搶去炸雞的夢，於是常請老闆給她做炸雞。

美式炸雞可以帶骨、整件雞扒來炸；中式的淋油炸則最考工夫。在日式居酒屋、中華料理店吃的炸雞，醃料以豉油為主角，通常是一件去骨雞上髀肉分成八塊，比炸雞扒容易控制味道，大家分吃亦方便。至於日式洋食的炸雞，則是吉列，會裹麵包糠。《和歌子酒》、《深夜食堂》的炸雞，是在店裏吃的下酒菜。《昨日的美食》，還有日劇《四重奏》（カルテット）的，則是家裏請客或開派對吃的菜。

## 善用雪櫃、微波爐　快速上菜

餓着或剛吃飽就睡覺，對腸胃不好；夜歸一進家門，最好先吃晚飯。如雪櫃已放了處理過的食材，回家後取出來用微波爐煮熟，很快就可以開飯了。休假的時候，可以多給雪櫃添些肉類、蔬果、麵包；不懂處理肉類的話，不妨買些已調味的燒烤包。微波爐煮食時間較短，用油不多，而且不用顧火，氣味也比較不會打擾已睡的人。回家只須烹煮肉類，配些沙律、水果、麵包，就是圓滿的晚飯了。一天的疲勞和憂鬱，都隨雞肉的香氣徐徐飄遠。

我們要做的微波爐炸雞，其實形似多於神似；比較像日式便當裏的炸雞那樣柔軟，不會像用大量食油炸的那麼脆。用微波爐來煎炸的話，要盡量減少水分如雞蛋，否則很難變香口。生薑、生蒜換成薑粉、蒜粉。用片栗粉、麵粉或粟粉，薄薄包裹，而不直接拌入雞塊。市面上也有些日本的微波爐現成炸粉，幾乎即醃即炸，直接靠味粉調味，鹽分很難控制。喜歡吉列的朋友，可裹上麵包糠，並在容器內加些竹籤，才放上雞塊。不用微波爐的朋友，可重新拌入雞蛋、粉類來油炸。

## 從炸雞到幸福

《深夜食堂》裏的「炸雞」，無疑是「幸福」的意思。雖然故事沒有具體說明，故事人物サヤ的工作到底有多辛勞；但她累得連餓著也能入睡，還做起惡夢來，日子肯定非常難過。老闆能為她送上熱騰騰的美食；至於幸福，就要她自己勇敢地做爭取了。

疲於奔命、身心乏力的時候，請不要把飢餓留給明天。讓微波爐來擔起我們的深夜吧；吃好吃滿，明天帶着好夢出發。

# 微波爐炸雞

一人份

◎ 材料

雞扒　1 件
車厘茄　3 顆
椰菜　1/8 個
黃檸檬　縱切 1/4 個
生抽或日式豉油　1 湯匙
味醂　1 湯匙
薑粉　1 茶匙
蒜粉　1 茶匙
粟粉　2 湯匙
麵粉　2 湯匙
食油　適量

◎ 做法

1. 雞扒洗淨，去除多餘脂肪，分為八塊。
2. 豉油、味醂、薑粉、蒜粉與雞塊拌勻，冷藏至少三十分鐘。
3. 椰菜洗淨後切絲，浸泡冰水十分鐘，隔水晾乾。
4. 車厘茄洗淨去蒂，黃檸檬縱切成兩片，一同與椰菜絲上碟。
5. 取出雞塊，隔去水分。混合粟粉、麵粉，薄薄裹在雞塊上。
6. 雞塊底部插上半根牙籤，繞邊放在已墊烘焙紙的微波爐容器上。
7. 掃上食油，微波爐八百瓦特加熱四分鐘。觀察形狀，再加熱四分鐘。
8. 取去底部牙籤，上碟。在雞肉或椰菜絲上灑檸檬汁。

# ※家常鍋物「常夜鍋」

夏天不適合打邊爐了，但還可以吃鍋菜。日本的鍋菜叫做「鍋物」（なべもの），其中最為家常的是常夜鍋（じょうやなべ）。常夜鍋雖以油膩的豬肉為主角；但它以昆布、日本酒為湯底，以柑橘豉油為沾醬。在夏天吃，仍然清爽。

## 邊煮邊吃或整鍋上桌

與廣東鍋菜一樣，日本鍋物有邊煮邊吃的，如涮涮鍋（しゃぶしゃぶ）；也有整鍋煮好上桌的，如關東煮（おでん）。常夜鍋可以邊煮邊吃或整鍋上桌；夏天在廚房做好出菜，不用冒着汗來吃。

常夜鍋的基本材料只有四種：昆布、日本酒、火鍋豬肉片及菠菜，簡單又家常。由於鍋裏不會像壽喜燒（すき焼き）那樣放豉油，所以湯汁喝起來，像肉片滾湯。它的煮法也跟滾湯差不多：先放湯底的料頭，滾起下肉，中途添菜，讓肉和菜一起煮熟。

鍋物一般會用土鍋，即是砂鍋、陶鍋。日本土鍋按大小分成不同號碼。我用了一人用的六號鍋，整鍋煮好上桌的話，兩個人不夠吃，做一份用來獨酌不錯。如果兩個人吃，又有雙爐頭，可以分成兩鍋來煮。這樣較易掌握水分，各有用料、調味，似乎更有趣。

## 豬肉與酒香

有些人受不了肉食的腥羶味，我也是其中一個；完全不吃羊肉，不喜歡吃豬肉，沒辦法吃蒙古牛肉。常夜鍋以豬肉為主，弄不好就成了一鍋子的腥。平日醃豬肉的時候，我們會用薑汁、蒜頭、料酒、白胡椒粉來去腥；日本人做常夜鍋時，想法也相同，用日本酒煮湯底，有人另添薑、蒜。

日本作家向田邦子在散文〈來一點吧！〉（食らわんか）裏，詳細記下自己的常食鍋做法。她喜歡用豬柳片，分量頗多，每人二百克，年輕人更有三百克；選用不甜的（辛口）酒、一瓣蒜、大量的薑，以涮涮鍋的方式邊煮邊吃，配着加了檸檬汁的豉油。我很少吃薑，夏天近乎不吃，沒有像向田邦子做的濃郁。豬柳片較乾，不用戒口的話可以選脢頭片、豬腩片。

「日本酒」包括了釀造酒和蒸餾酒；「清酒」是釀造酒，而「燒酎」是蒸餾酒；要用大量日本酒煮食的話，通常會用清酒。用平價的本釀造、純米酒就好了，不要浪費吟釀。酒、水的比例，一般是 1：1；向田邦子的大約是 1：3。

## 常夜鍋的蔬菜

除豬肉外，常夜鍋其實也用上不少蔬果：鍋裏有很多蔬菜；昆布熬湯後，可以做成涼拌小菜；沾醬則用了白蘿蔔蓉、柑橘汁。想要更豐富的話，會添豆腐、菇菌、油豆腐、芽菜等；也有些常夜鍋把豬肉換成雞肉、牛肉，甚至魚肉、蠔、蝦，只保留湯底。

夏天做常夜鍋的問題，是很多適合做鍋菜的蔬菜，如菠菜、椰菜、白蘿蔔，都不當造。菠菜五月開始退場，六月還可以湊合一下，買到些菠菜苗和白椰菜。七月就要改用小棠菜了。我沒有像向田邦子那樣用檸檬汁，用了青檸汁；柚子汁也不錯。不能吃柑橘的話，可以用白醋代替。

# 常夜鍋

一人份

◎ 材料

| | | |
|---|---|---|
| 昆布　約 5 克 | 菠菜　約 50 克 | 日本豉油　適量 |
| 清水　250 毫升 | 椰菜　約 200 克 | 砂糖　適量 |
| 清酒　250 毫升 | 白蘿蔔　約 100 克 | 麻油　適量 |
| 火鍋豬肉片　約 100 克 | 青檸　1 個 | 七味粉　適量 |

◎ 做法

1. 昆布抹去沙塵，用清水浸泡三十分鐘。
2. 浸洗菠菜、椰菜。菠菜去根，椰菜切段。
3. 煮沸昆布和清水，昆布於沸騰後立即取出放涼。加入清酒。
4. 加入椰菜、火鍋豬肉片，上蓋煮至半熟。
5. 加入菠菜，煮至全熟。
6. 昆布切絲，以砂糖、麻油調味。
7. 青檸洗淨、榨汁，加進豉油。
8. 白蘿蔔洗淨、去皮、磨蓉。
9. 以蘿蔔蓉、青檸豉油、七味粉沾食鍋料，可佐白飯。

## ※ 溫馨的日式咖喱飯

岩井俊二的《四月物語》片長只有約一小時，故事節奏卻很慢，情節更是含蓄得不得了。我第二次看時，才看出更多細節。「暗戀」這回事，就是很可能從頭到尾，也只存在於暗戀者心裏的愛情。楡野卯月為了獨自愛着東京的某個人，於是獨自在昏暗的小寓所裏煮咖喱飯。

### 孤獨的生活　溫馨的咖喱

家常的日式咖喱飯，多用現成咖喱磚、咖喱粉，甚至即食咖喱包來做。十五分鐘可以做好，很適合獨居的人。碟子上堆滿澱粉質、鮮菜和蛋白質；家庭餐桌上理應出現的細節，彷彿齊全，只是油脂、鹽、糖稍多。沒有鄰居敢說，咖喱磚所散發出來的香氣，不會讓人肚子餓；沒有獨居者煮咖喱時覺得，一個人的房子太冷。年少時看不明白，只知道松隆子飾演的楡野卯月很美。

## 竹輪、忍者與節儉

看罷《四月物語》，忘不了松隆子寂寞地煮好的咖喱飯，於是又看了是枝裕和的《海街日記》。日式咖喱飯所用的蔬菜，主要是薯仔、甘筍、洋葱三種；肉類則是牛肉和豬肉。岩井俊二沒有把《四月物語》那碟咖喱飯拍得很清楚。翻看了數遍，我猜是豬肉咖喱。

是枝裕和在《海街日記》提到的，則是豪華一點的海鮮咖喱飯，以及有趣的竹輪咖喱飯。「竹輪」（ちくわ），有的商家叫「竹笛」。香港的竹輪會叫成「獅子狗魚蛋」，這是因為日本卡通《忍者小靈精》（忍者ハットリくん）裏面的角色獅子狗（獅子丸），非常喜歡吃竹輪的緣故。電視台就把竹輪譯成「獅子狗魚蛋」。

《忍者小靈精》熱播之時，我的床邊公仔正是可愛的、毛茸茸的獅子狗。後來獅子狗公仔太殘舊，給丟掉了；母親卻從日式超級市場，把獅子狗最愛吃的長形魚蛋帶回家。我和哥哥高興至極，吃得津津有味。

無論是電影版，還是原著漫畫的《海街日記》，均有「竹輪咖喱飯」這一筆。大女兒晚飯想要做放了貝類的海鮮咖喱，因為這是她母親煮得好吃的菜式；但對二女兒、三女兒來說，兒時印象最深刻的咖喱，是外婆用竹輪、碎豬肉做的咖喱飯。

竹輪就像魚蛋一樣，是加工肉；經濟實惠，無甚營養。把這種加工食材放進咖喱裏，無非是要補足鮮肉的分量吧。我們會在燒烤、打邊爐、煮車仔麵的時候，吃獅子狗魚蛋；但我沒有在香港遇過賣獅子狗魚蛋咖喱飯的食店；所以我們還是把它叫成「竹輪咖喱飯」好了。

## 改造咖喱磚　調配新口味

咖喱磚、竹輪都是現成的廉價食材，味道相似、單調，難登大雅之堂。想要些口味變化，不妨從甜、酸、苦、辣、鹹味來調整。喜歡甜味的，可以另添砂糖、蜜糖、生果肉；酸的是茄汁、喼汁、陳醋、乳酪；苦的是咖啡、朱古力；辣的當然是辣椒、胡椒了；鹹的用豉油、鯷魚等。我喜歡放幾片黑朱古力。竹輪不耐煮，中途要取出來一會。上桌時可以伴些雞蛋、沙律、福神漬。

「又越過高山又越過谷／忍者身體似飛機／天空任意飛」，吃了那麼多竹輪，我們之中多少人，真的成功變成了「正直善良」、「禮貌又神氣」的忍者小靈精呢。我想我不是其中之一；但我至少可以是個「談話似詩那樣」的師奶。

# 竹輪咖喱飯

二人份

◎ 材料

粳米（珍珠米） 約 250 克
竹輪（獅子狗魚蛋） 4 條
洋葱 半個
甘筍 1 條
薯仔 約 300 克
免治豬肉 約 100 克
月桂葉 2 片
日式咖喱磚 2 人份
朱古力 約 20 克
番荽 適量
清水 適量

◎ 做法

1. 粳米洗淨，加水煮成白飯。
2. 竹輪洗淨，斜切厚片；洋葱洗淨，去皮，切片。
3. 甘筍、薯仔洗淨，去皮，切塊。
4. 免治豬肉洗淨，與食油下鍋，中火拌炒至轉色。
5. 下竹輪、洋葱、甘筍、薯仔，同炒至所有材料上油。
6. 取出竹輪，放入月桂葉。加入清水至浸過材料，沸騰後開蓋煮約十分鐘，至材料熟透。
7. 熄火，把咖喱磚和朱古力浸在鍋裏融解。拌勻後加入竹輪。再次大火收乾水分和調味。
8. 熱白飯盛在碟上，灑上番荽；倒入咖喱即成。

## ※致命的法式多士

我們選擇看什麼小說，除了視乎作者是誰，也視乎，甚至更重視故事內容是什麼。讀武俠小說的人想要看武功；讀《哈利波特》系列的，想要看魔法；推理小說的書迷，自然是想要看推理謎題了。「飲食」是推理故事的重要元素——不少推理名家的經典作品，雖不以飲食為主題，但仍是滿滿的吃喝。

### 推理小說的美食世界

我們愛看柯南．道爾（Conan Doyle）給福爾摩斯（Sherlock Holmes）吃的煙脊肉，也愛看湊佳苗在《告白》留在課室的毒牛奶。《美國推理作家食譜：失蹤的兇器、消失的屍體，110位推理作家的109道驚人美食》（*The Mystery Writers of America Cookbook*）的前言，就歸納了推理小說家愛寫飲食的兩個原因：一、食物與謀殺案的關係非常密切，可以用來毆打或下毒，是很受歡迎的兇器；二、查案者（通常是故事的主人公）的飲食習慣，能迅速為角色建立顯明的個性，有助情節推演。

以「食」點題的日本推理作品非常多，漫畫有寺沢大介的

《為食神探》（喰いタン）、東村明子的《美食偵探明智五郎》（美食探偵明智五郎）；輕小說有近藤史惠的《挺不錯餐館推理事件簿：來一份翻轉蘋果塔》（タルト・タタンの夢）。這些故事，都是以飲食為情節重心。

東野圭吾多番描寫「伽利略系列」的查案者湯川學，喜歡即溶咖啡多於新鮮咖啡，口味古怪；讀者看下去，就會漸漸同意，湯川學真是個不合群的天才。到了《聖女的救贖》（聖女の救済），東野圭吾的情節安排卻使人納悶；故事的疑犯廚藝明明精湛，但東野圭吾只寫過她煮黑咖啡的場景，沒有談過她擅長做的菜式。

## 用法式多士殺偷心人

《聖女的救贖》是個情殺故事，看完不僅納悶，還有點傷感。以食物為兇器的推理故事，很多時候也是復仇的愛情故事。想來愛情本身就蠻像推理故事；每個人都四出尋覓心儀的目標人物，希望能幸運地成為了對方的偷心者。

日本輕小說、漫畫和電影劇等文化工業作品，經常以法國菜為題材，可謂對法國菜情有獨鍾。這些法國菜的烹調方法，又往往呈現出日式風格。《美食偵探明智五郎》的推理故事中，有道澆上蘋果醬的法式多士（フレンチトースト），就是這種口味的菜式。

故事中的法式多士是兇手的毒殺工具；但下毒的地方不是

多士，而是現煮的熱蘋果醬。這款法式多士模仿了東京大倉飯店的做法：它並不如一般法式多士那樣，用法式麵包、紅糖來做；而是用厚身去皮白方包、白糖來做；耐心避免煎成焦黃的話，造型有如金磚，呈現和風烹飪的乾淨整齊。蘋果醬也是用上了日本青森蘋果。

殺手先用熱蘋果醬來掩蓋毒藥的氣味，再用毒蘋果醬代替法式多士的糖漿，讓毒藥順理成章地送上目標人物的餐桌，手法有點牽強。大抵是要用高級酒店多士來映襯樸實的蘋果，以類比故事中身處東京酒店吃多士的負心漢，與痴心錯付的鄉下女子。

## 用美食來復仇

既然愛情令人傷感，就用美食來復仇吧。家常的話，方包選架上最厚的就行，看厚度來縮短方包浸泡蛋液的時間；白砂糖用細的，更易拌勻。漫畫以日本蘋果為農家的樸實；香港賣的日本蘋果，價錢一點也不樸實，不大划算。煮軟成醬的話，可以試試加拿蘋果（Gala）。

我們有時以為自己是偷心的真兇，最終是插科打諢的嫌疑人。有時以為，自己是其中一個伺機而動的嫌疑人；卻不知道自己只是，目標人物視線範圍以外的路人甲。不在熱蘋果醬裏下毒藥，就改下肉桂粉。

# 法式多士伴蘋果醬

兩件份

◎ 材料

加拿蘋果　約 450 克
黃檸檬　半個
白砂糖　100 克
肉桂粉　半茶匙
白開水　1 碗
冷藏過的厚切方包　1 塊
雞蛋　2 隻
牛奶　100 毫升
雲呢拿精華　數滴
牛油　適量
藍莓　適量

◎ 做法

1. 蘋果洗淨，其中兩個去皮、切碎粒。
2. 黃檸檬榨汁。
3. 剩下的蘋果切片，泡在一茶匙檸檬汁與白開水中。
4. 蘋果粒、餘下檸檬汁、肉桂粉與白砂糖七十克下鍋，慢火煮至水分減少，壓成蘋果醬。
5. 方包去皮（如有），對切成兩個長方形。
6. 雞蛋打散，逐一加入白砂糖三十克、牛奶、雲呢拿精華拌勻。
7. 蛋液先沾滿整塊方包，然後底、面各泡三分鐘。
8. 牛油下鍋，融化後以慢火煎方包至熟，避免焦黃，煎成黃色。
9. 蘋果片晾乾，藍莓洗淨，用以裝飾餐碟。翻熱蘋果醬，與多士上碟。

# ※ 從頭開始煮味噌湯

日本歌手桑田佳祐曾發表了一張迷你專輯（EP），名字很有趣，叫《白飯味噌湯海苔漬物玉子燒 feat. 梅干》（ごはん味噌汁海苔お漬物卵焼き feat. 梅干し）。這張專輯收錄的歌，卻沒有一首叫〈白飯味噌湯海苔漬物玉子燒 feat. 梅干〉。它的商品文案解釋說，這張專輯的歌曲，就好像專輯名字中的平凡菜式一樣，「代表了日本人的心」。我們也來煮煮味噌湯（味噌汁）吧；看看這日本國民菜式，到底平凡不平凡。

## 現煮現喝的味噌湯

所謂「代表了日本人的心」，大概指是日本人生活的重要元素，重要得每個日本人都應該懂得在家煮好。這就像是香港家庭的芫荽皮蛋湯、鹹蛋肉片湯和番茄薯仔湯；但這些湯只適合做成湯飯，還沒有重要得可以單獨當成主菜上桌。

香港日式餐廳附餐的味噌湯，通常都煮得湯汁淡薄、材料單調或味道過鹹，愛喝的人不多。這是因為這些附餐味噌湯多已過度加熱或只用湯粉沖泡，香氣都消失了，沒什麼好喝。單獨點湯料豐富的味噌湯，如三文魚頭味噌湯、南瓜味噌湯，雖不一定逐份現煮，但香氣會比附餐的濃郁。

附餐味噌湯以配菜的角色上桌，讓人興趣缺缺；其實味噌湯也可擔任主菜。日本漫畫家安倍夜郎的《深夜食堂》中所賣的「定番」（招牌菜），正是「豚汁定食」（豬肉味噌湯套餐）：以大碗味噌湯配白飯。再喝上幾口冷酒，就是完美的一夜了。

## 在家從湯底開始煮

重要歸重要；仍會在家煮味噌湯的日本人，其實不算很多。辰巳芳子在《生命與味覺之湯：辰巳芳子的日式湯品食譜》（辰巳芳子スープの手ほどき 和の部）感慨地說，她發現會在家喝味噌湯的人，所喝的似乎是即食味噌湯，而不是自己煮出來的。

在家煮味噌湯的基本步驟，從湯底開始：熬高湯，煮湯料，調味噌。「豚汁」（豬肉味噌湯）之所以能成為主菜，因其湯料豐富，有豬肉片、甘筍、蒟蒻、白蘿蔔、牛蒡等，營養齊全。自己在家煮味噌湯，可以考慮像豚汁那樣，選用一份肉配數份蔬菜湯料，另可配各種豆製品和海藻。蔬菜最好是「和食」風格，以根莖菜和菇類最搭；菠菜、小棠菜也不錯。

## 味噌的口味

說來說去，還欠味噌湯的主角「味噌」（みそ）。味噌是

用黃豆、麴等發酵製成的食材，於日本菜、中菜和韓國菜都會用上。香港中菜所用的味噌與日本菜、韓國菜的不同，叫「麵豉」，而且不常用來煮湯，多作蒸、燜之用；於是大家都會把日本味噌，一併改叫「麵豉」。餐牌寫的明明是「味噌湯」，但大家都會主動讀成「麵豉湯」。韓國菜用的多叫成「大醬」（된장）。

日本味噌可用來做湯、火鍋和醃菜；粉狀的不香，至少要買盒裝、袋裝的現成味噌。現成味噌基本可以分成「赤味噌」（赤みそ）和「白味噌」（白みそ）兩大類，其中風味是五花八門，光譜廣闊，並可自己調配混用。煮湯的話，我會用多帶甜味的白味噌。白味噌又叫「西京味噌」，味道比較清淡，可以用來做「西京燒」的魚肉醃料。

有些人會自己做味噌，例如是安武千惠。安武千惠在自己病重之時，耐心教導當時不足十歲的安武花煮味噌湯。她認為當女兒懂得煮湯之時，就意味女兒長大了，可以照顧自己了。安武家的故事，後來編成隨筆集《小花的味噌湯：安武家面對生命的8堂課》（はなちゃんのみそ汁），並改編成電影。

三文魚跟味噌的味道很搭，又可再添些不同顏色的蔬菜。味噌湯的高湯一般用昆布、魚乾和木魚片（削り節）來做；但這湯只用了昆布，因有些說法建議，高湯與湯料的味道不要重複，我覺得挺有道理。昆布高湯煮好後，倒些米燒酎去腥。

熬高湯，煮湯料，調味噌。在熱湯剛上桌，味噌香氣還是很濃郁的時候享用。煮好，然後吃光平凡的美味，就是好好照顧自己的意思。

# 三文魚味噌湯

一人份

◎ 材料

去骨三文魚柳　約 120 克
京葱　約 10 克
薯仔　約 80 克
甘筍　約 80 克
白蘿蔔　約 80 克
鮮冬菇　2 朵
昆布　約 3 克
白味噌　2 至 3 湯匙
清水　約 400 毫升
米燒酎　1 湯匙

◎ 做法

1. 昆布抹去沙塵，用清水浸泡至少三十分鐘。
2. 三文魚沖洗後抹乾，去鱗，切塊。
3. 甘筍和白蘿蔔洗淨後去皮，切片。
4. 薯仔洗淨後去皮，切塊。
5. 京葱洗淨，切片。
6. 鮮冬菇洗淨後去蒂，切片。
7. 煮沸昆布和清水，沸騰後立即取出昆布。加入米燒酎。
8. 甘筍、白蘿蔔、薯仔下鍋煮軟。
9. 三文魚、鮮冬菇下鍋煮熟。
10. 熄火後逐湯匙加入味噌，與湯水拌勻，調至喜歡的口味。
11. 京葱下鍋，重新煮沸即成，可用糖、鹽調味。

## ※讓人安心的日式蛋包飯

美式奄列豐富，法式奄列軟滑；那麼日式奄列呢？日式奄列常常給做成「蛋包飯」。用蛋包起來的熱飯，總是讓人期待；包着又酸又甜的飯，讓人吃得很飽。

### 四種日式蛋包飯

森下典子在〈蛋包飯世代〉說，牛扒、壽喜燒是特別日子才可以吃到的「偉大王者」，蛋包飯卻是日常餐桌上的「一般的王者」。它是「洋食」（西餐風味的日本料理），看起來比一般「和食」的家常菜式豪華，但成本不高，不是宴客菜式；所以不算是「偉大的」。

蛋包飯的種類很多：日式來說，至少有四種。最舊式的用蛋較少，一般是兩隻之內，用慢火煎成較熟的薄蛋皮，包着餡料簡單或沒有餡料的炒飯，像大阪名店北極星所賣的口味。較普遍的像東京資生堂 Parlour 那種，用兩三隻蛋來煎成半熟的厚蛋餅，包起餡料較豐富的炒飯。後來的日式蛋包飯，會把蛋獨自煎成流心的法式奄列，放在炒飯上；蛋、飯各自成形，其實是蛋包和飯了。另外是香港已很少吃得到的天津飯（天津丼），在白飯上蓋一塊蛋餅，再澆上芡汁。

## 蛋包裏的「炒紅飯」：番茄雞肉炒飯

日式蛋包飯中裹着的，通常是番茄雞肉炒飯（チキンライス），是模仿西餐風味的炒飯。這「番茄」指的不是新鮮番茄，而是茄汁、茄膏，也就是所謂的「炒紅飯」。亞洲有很多會吃茄汁、茄膏炒飯的地方；除了日本、台灣和越南的炒紅飯，還有我很喜歡吃的西炒飯。

日式炒紅飯的來源，一般說法是源自明治年間的飲食現代化。嵐山光三郎在《作家的料理店》（文士の料理店）中，提到好幾家馳名番茄雞肉炒飯的老店：如夏目漱石喜歡的「松榮亭」，以及池波正太郎喜歡的「資生堂 Parlour」。日式蛋包飯中的炒紅飯，配料多為雞肉、洋葱、蘑菇；家常一點，則可以是火腿、香腸、三色豆，食材其實與另一款洋食「拿坡里意粉」差不多。用魚罐頭來炒也不錯呢，像《言葉之庭》（言の葉の庭）中，用的是吞拿魚。

## 忍不住會點蛋包飯的人

去西餐廳吃蛋包炒紅飯，曾經是日本文豪心目中的摩登事。香港的豉油西餐廳，沒有蛋包炒紅飯。想吃就要去茶餐廳，來一客芙蓉蛋飯轉西炒飯底。好麻煩的柯打。

有些人只要看見餐牌上出現蛋包飯、芙蓉蛋飯，就忍不住會點。這種忍不住點蛋包飯的人，大概有種由視覺與味覺來養成的習慣。蛋包飯就是蛋、飯、茄汁，都是很日常的味道。相較於意外 well done 的牛扒、過鹹的壽喜燒或變壞的刺身，蛋包飯、芙蓉蛋飯上桌的顏色，永遠是泛着油光的澄黃，看起來的賣相和吃起來的味道，都很難超出我們的想像。這種餐點，讓人吃得特別安心。

味道不會令人失望，看起來「很好吃」；也許這就是，蛋包飯一直給我們的感覺。

# 蛋包飯

一人份

◎ 材料

| | | |
|---|---|---|
| 雞蛋　3隻 | 雞髀肉　約80克 | 日式中濃醬或豬扒醬　約3湯匙 |
| 熱白飯　1碗 | 茄汁　約6湯匙 | 糖、鹽、黑胡椒、番荽　適量 |
| 洋葱　1/4個 | 沙律菜　適量 | |
| 蘑菇　3朵 | 小青瓜　適量 | |

◎ 做法

1. 雞髀肉洗淨，切粒，以糖、鹽、黑胡椒醃至少十五分鐘。
2. 洋葱洗淨，去皮，切粒。
3. 蘑菇洗淨，切粒。
4. 小青瓜、沙律菜洗淨。小青瓜切片。
5. 洋葱、蘑菇下鍋，用油炒香後加入雞髀肉，炒至所有食材熟透。
6. 白飯趁熱下鍋，與洋葱、蘑菇和雞髀肉拌勻。
7. 在炒飯中央下茄汁三湯匙、清水一湯匙、糖半茶匙、鹽1/4茶匙，與炒飯拌勻；調味後起鍋備用。
8. 雞蛋打散成蛋液。
9. 在乾淨的平底鍋中下油，燒熱後轉中火下蛋液，快速搖晃、圈炒成蛋餅。
10. 在蛋餅上靠邊鋪炒飯。
11. 把向外的蛋餅往內捲起，蛋餅反扣在碟上，捲成蛋包飯。
12. 茄汁、中濃醬各三湯匙，加熱和拌勻，以糖調味，做成醬汁。
13. 醬汁澆在蛋包上，伴以蔬菜，撒上乾番荽即成。

## ※「黑心美食」煎素麵

不喝酒的人也喜歡到居酒屋，想是因居酒屋菜式豐富、氣氛輕鬆的緣故。日本作家秋川滝美在小說《黑心居酒屋》（居酒屋ぼったくり）中，提到了很多製作簡單的下酒菜。其中一道叫「下酒菜素麵」（おつまみ素麵）的菜式，即是「油煎日式素麵」，有點像兩面黃，煎得焦脆香口。喝不喝酒的人，應該都會喜歡。

### 居酒屋有多「黑心」？

「黑心居酒屋」的主持人是對親姐妹，分別是姐姐美音和妹妹馨。店名則由上一代的主持人，也就是她們的父親改好的。

「黑心」是中譯本的寫法；原文ぼったくり，是「敲竹槓」的意思。父親掌店的時候，覺得自己在賣大眾化的酒、家常菜式，都是「普通人在家就能吃到，不用刻意出外吃」的東西，如關東煮和支裝啤酒等；因而自嘲是家敲竹槓的黑心商店。我們常常會在餐廳，聽到別人說「自己做得出來」、「在家亦能煮」之類的話吧？我有時候也會這樣，在外盡量點自己不會煮、買不到的酒菜。

看見酒單上標價貴了不止一倍的酒品、稍稍切段就上桌的青瓜芽菜時，雖未至於批評店家「黑心」，但仍會不自覺皺眉默念「錢真好賺呢」⋯⋯總會有這種時候。這種想法只是喜怒悲樂的自然流露，不是大奸大惡。抱怨過後，我們還是會點這些酒和青瓜。即使有家可回，但家裏不一定有冷過的酒、切好的青瓜，以及為自己默默下廚的人。

## 素麵做的下酒菜：日式兩面黃

美音和馨年輕自信，沒有「黑心」的心理負擔。在〈度過暑假的方法〉這故事裏，姐姐美音為了幫助附近的主婦應付暑假家務，就給小孩子設計了些與家務有關的暑假作業，還把「下酒菜素麵」等私房食譜送給客人。妹妹擔心美音在趕走客人，因食譜一旦送出去，下酒菜成了「在家就能吃到」的菜式，客人就不再來居酒屋了。結果客人依舊回到「黑心」吃素麵，覺得「黑心」的味道是獨一無二的。

「下酒菜素麵」就如中式煎麵線、兩面黃：麵條沾油，簡單烘烤成餅。「肉絲炒麵」用炸的，應該是最有鑊氣的烤麵餅了？美音為三桌客人做了三款不同的素麵小吃：一、紫菜、薄餅芝士碎口味，沾柑橘醋；二、把紫菜換成羅勒；三、不下芝士，改用韭菜、泡菜、免治雞肉、蛋汁和胡椒，在柑橘醋混入韓國辣椒醬。

## 番茄口味的煎素麵

我在美音的基礎上做了第四款：把紫菜換成飯素和平價木魚片；另外用七味粉、番荽拌些番茄。把番茄抹在素麵上，有點像西班牙小食。薄餅芝士碎以馬蘇里拉芝士（mozzarella）為佳。小說的素麵都用來配啤酒吃；番茄口味的話，配西式餐酒應也不錯。

秋川滝美認為，文字能讓人感受飢餓。叫「下酒菜素麵」，實在太樸素，好像不夠開胃呢。名字大可誇張一點，變成「芝士煎素麵配七味番茄」——這樣大家也許就不會反對，我把這家常菜賣得貴一點？下酒菜太美味的話，我們有時真的會，沒法記住酒的名字。

# 芝士煎素麵配七味番茄

一人份

◎ 材料

素麵　50 克
薄餅芝士碎　3 湯匙
飯素　2 湯匙
木魚片　2 湯匙
橄欖油　1 湯匙
白芝麻　1 湯匙
番茄　約 100 克
檸檬胡椒、蒜鹽、番荽、七味粉　適量

◎ 做法

1. 素麵沸下鍋煮熟，約一分鐘。
2. 用冰水泡洗素麵至涼。
3. 瀝乾素麵，切成數段。
4. 往素麵加入芝士、飯素、木魚片、橄欖油和白芝麻，拌勻後用檸檬胡椒、蒜鹽調味。
5. 把已調味的素麵下鍋，用筷子攤平。
6. 逐面慢火烘至乾脆，不時按壓素麵。
7. 如翻面困難，可先倒進餐碟，再把餐碟倒扣在鍋上。
8. 把煎脆的素麵放在架上降溫。
9. 番茄洗淨、切碎；以七味粉、番荽調味。
10. 素麵切件，沾以七味番茄享用。

## ※動漫中的蛋黃醬炒麵

我是蛋黃醬（mayonnaise）的忠實擁躉，同時認識不少討厭吃蛋黃醬的人。蛋黃醬基本由打發蛋黃、醋（或檸檬汁）而成，有些人不喜歡蛋黃醬的酸味。說起蛋黃醬，我能聯想到的動漫人物和菜式，還真不少。

### 妙用日式蛋黃醬

蛋黃醬起源於法國，mayonnaise 也是法語。我們現在吃到的，通常是來自日本或美國的現成蛋黃醬，味道與現做的法式蛋黃醬完全不同，最好把法式蛋黃醬、美式蛋黃醬和日式蛋黃醬看成三種不同的醬料。就像陳小明、李小明、王小明，不用分出高下。

在新海誠的動畫《鈴芽之旅》（すずめの戸締まり）中，有一道日式蛋黃醬（マヨネーズ）風味的餐點。日本漫畫《銀魂》中的土方十四郎，亦是個日式蛋黃醬狂迷。他會在食店點一份為他特製的「蛋黃醬蓋飯」（マヨ丼）：一碗白飯，不加任何配料，只擠滿大量日式蛋黃醬的蓋飯。面對土方十四郎，我真是自愧不如。

日式蛋黃醬用油、可生食蛋、糖和米醋來調製，質地比較厚身，味道也較甜，是日本鐵板料理，好像炒麵、炒飯、章魚燒和御好燒等菜式的關鍵調味料。從前有個在銅鑼灣日式小食店工作的親友，常常自掏銀包請我家吃章魚燒，醬料下得特別慷慨。我現在仍記得，那種濃郁的蛋黃醬味道。這些菜式不是真的要炒蛋黃醬，而大多在最後的烹調步驟加入蛋黃醬，或用蛋黃醬來畫出花紋；所以日式蛋黃醬一般會配上比美式蛋黃醬幼細的擠咀，方便用來裝飾菜式。

除鐵板料理外，日式沙律如吞拿魚沙律、薯仔沙律、刺身沙律、鯛魚燒和班戟，都常用到蛋黃醬。《鈴芽之旅》那道餐點，是放了薯仔沙律的炒烏冬，做法基本上是日式炒麵，另取薯仔沙律的日式蛋黃醬風味。

## 中濃醬：日式蛋黃醬的好拍檔

日式蛋黃醬有個很好的拍檔，叫「中濃醬」（中濃ソース）。中濃醬是喼汁口味的日式醬料，跟蛋黃醬一起用來做鐵板料理或日式漢堡。御好燒上的深褐色醬汁，就是中濃醬了。它比喼汁濃稠，又比日式豬扒醬（とんかつソース）酸一點。這三種醬料，可以加減水、鹽、茄汁來互相替代。

我們通常會先下中濃醬，再下蛋黃醬，甜在上，鹹在下。乾炒牛河的色澤來自老抽，而日式炒麵的色澤，則要依靠中濃醬了。新海誠的烏冬上桌雪白，顯然沒放中濃醬，大概是因中濃醬跟薯仔沙律不大相襯。薯仔沙律直接過爐火來炒，烏冬會黏作一團，我不大喜歡。

## 「日式炒麵」與「炒麵三文治包」

日式炒麵跟香港的上海粗炒做法差不多：先炒肉片、蔬菜，再拌入麵條、醬汁。肉片用豬腩片，麵可以換成烏冬、白飯、年糕；另添紫菜粉、日式蛋黃醬或紅薑絲，還可以加木魚、飯素、雜菌、芽菜、雞蛋和各類魚糕。上碟的方法，則像御好燒，於炒麵上碟後擠蛋黃醬、灑紫菜粉，最後鋪上煎蛋。

關於日式炒麵的動漫作品，我還想到《金魚注意報》（きんぎょ注意報！）。動畫版在香港播放時，改了個古怪的中譯名字，叫《娛樂金魚眼》。故事人物所就讀中學的小食部，有款很受日本學生歡迎的麵包，就是「炒麵三文治包」（焼きそばパン），外形像熱狗，以日式炒麵為內餡，有時會擠進蛋黃醬。現實生活中，它也是挺受日本學生歡迎的包點；有些人卻覺得以炒麵為內餡，過於油膩，營養欠奉。

世上總有討厭蛋黃醬和炒麵三文治包的人；但是，飯應該為自己吃。我們的舌頭和個性，不必屬於別人。

# 日式蛋黃醬炒麵

一人份

◎ 材料

豬腩肉片　5 片
椰菜　約 20 克
甘筍　約 30 克
洋葱　約 30 克
日式炒麵　1 個
日式蛋黃醬　約 3 湯匙
中濃醬　約 5 湯匙
紫菜粉　1 湯匙
紅薑絲　1 湯匙
雞蛋　1 隻
清水　4 湯匙
麻油、酒、鹽、黑胡椒　適量

◎ 做法

1. 豬腩肉片洗淨，切成小塊。
2. 椰菜洗淨，切小塊。
3. 甘筍、洋葱洗淨去皮，切幼條。
4. 炒麵熱油下鍋，兩面煎至微焦，灑入清水，小火蒸軟。
5. 用筷子撥鬆炒麵，起鍋備用。
6. 肉片下鍋大火爆香，用酒、鹽、黑胡椒調味。
7. 椰菜、甘筍、洋葱下鍋，以麻油中火拌炒，至所有配料熟透。
8. 鍋中央下炒麵、中濃醬，炒勻。
9. 拌勻炒麵與配料，上碟，在炒麵上擠上日式蛋黃醬，灑上紫菜粉。
10. 把煎好的太陽蛋放在炒麵上，伴以紅薑絲即成。
11. 炒麵放涼後，可以用來做三文治包。

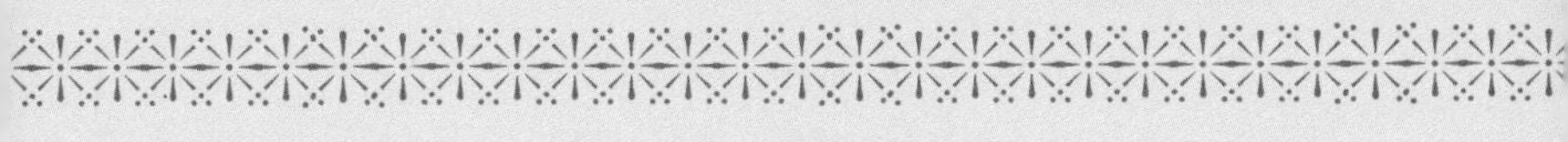

# 第四章

# 生活 療癒食堂

# ※慢火煮出豬肉香

每次唸李白的〈將進酒〉，我總是把結句「五花馬，千金裘，呼兒將出換美酒，與爾同銷萬古愁」中的「五花馬」，誤說成「五花腩」。雖然我不知道李白是否吃五花腩，但是五花豬腩皮肉分明，充滿油香，大概可以用來同銷萬古愁吧。人生得意須盡歡，莫使豬肉空對月，就煮一碟肥豬肉好了。

## 煮豬肉　農家味

「豬肉」讓人想到農家、鄉土。沈從文最愛書寫湘西鄉情，不時寫到吃豬肉的事情。園村盆菜裏最令人再三回味的，也是那味南乳豬肉。

沈從文小說〈邊城〉裏的翠翠外祖父，曾拒絕肉販刻意給他的上等豬腿肉，笑說這種城裏的人用來「炒魷魚肉絲」的；而他只想買煮起來濃、糯的廉價夾項肉，好拿去慢慢煮成下酒菜。慢火煮肉要耐火，帶大量脂肪的最好，免得煮出一碟柴皮。買五花腩時候同樣要早，很快賣光。我較愛帶軟骨的連皮腩肉，容易購得。滑不及五花腩，但較輕盈。

## 「炆」與「燜」

慢火煮豬肉，是「炆豬肉」，還是「燜豬肉」？現代漢語編校，通常以「炆」為「燜」的異體字。如以現代字典檢查，兩者之字義的確相近，都有慢火、微火烹煮的意思；而「燜」強調要上緊鍋蓋。有些字典不收「炆」。

年代較遠的清代《康熙字典》，反而引述了《集韻》對「炆」的說法：「炆，熅也。」東漢《說文解字》指「熅」的字意是「鬱煙」，是有煙無焰之火勢。由此可見，兩者之字義並不完全相同；不過我們現在很難在家做到「有煙無焰」，說是「燜」比較合理。

## 慢火細煮　汆水再煎香

慢火烹煮豬肉的方法，可謂八仙過海，各顯神通，看看我們想做成怎樣的質地。從前很多做法，大抵都不會把豬肉汆水、煎香。世上如有「豬肉八仙」，其中一位自然是煮的蘇東坡。蘇東坡煮豬肉，也寫下啖啖肉的〈豬肉頌〉:「淨洗鐺，少著水，柴頭罨煙焰不起」，用微煙慢火、少量的水來煮。在民國的《食譜秘典》裏，李克明提到「紅燒肉」的秘訣，是把豬肉直接與水、料頭、醬料入鍋，燒至九成熟時加入冰糖。

蘇東坡在黃州吃的是本地豬肉，食材新鮮。我們現在買到的豬肉，多半遠道而來，不再來自村內豬棚，煮前汆水比較衛生。凍水慢慢加熱，比較沸水汆燙的效果好；然後稍煎一下，可添香氣；不煎的話也無妨，總之千萬別煎豬皮。

## 豬肉四寶：豉油、酒、糖、厚鍋

無論是炆還是焖，慢火煮豬肉的基本配料，都是豉油、酒和糖。我喜歡深濃的顏色，所以用了比例相同的老抽和生抽，這裏可按自己的口味調整。豉油以外，若添陳醋或南乳，則另有別於紅燒之風味矣。

酒類使香氣大增，通常用廣東米酒、紹興酒或玫瑰露。我家日本燒酎較多，所以選了麥燒酎；或用白蘭地等蒸餾酒也不錯。糖的話，我和李克明一樣愛用冰糖。如用黑糖、片糖，甜味會更濃厚。其他配料如陳皮、花椒、乾葱、薑、花生、蓮藕、冬菇、木耳、筍、栗子、豆乾，任憑四時與心情。

有了喜歡的豬肉和配料，最後是鍋子的問題。鑄鐵鍋、真空鍋都非常耐火，保溫、保水甚佳，上蓋後大可放着不管。如沒有這些厚鍋，則須留神添水，以免燒焦；不耐火的話，可於中途熄火焗肉數次，就不會過火了。

食譜很短，煮的時間卻很長。蘇東坡用煮豬肉來打發被貶黃州的時間，是聰明，也是愚蠢——豬肉煮得太好吃，一箸一口；三扒兩撥吃光兩小時的火候，然後日子要怎麼辦呢。

# 豉油豬肉

二人份

◎ 材料

連皮豬腩肉　約 400 克
蒜頭　半顆
老抽　2 湯匙
生抽　2 湯匙
麥燒酎　2 湯匙
八角　2 顆
冰糖　約 20 克
清水（煮肉用）1 碗
青葱　1 株

◎ 做法

1. 豬腩肉洗淨，凍水入鍋，中火煮至沸騰。
2. 水沸騰後，立即取出豬腩肉；洗淨、拔毛，切成方塊。
3. 蒜頭洗淨、去皮，下鍋爆香；加入豬腩肉，中火煎肉至兩面微焦。
4. 老抽、生抽、麥燒酎、八角、冰糖、清水下鍋，煮至沸騰及冰糖融化；轉細慢火，上蓋煮兩小時，中途把豬腩肉翻面。
5. 青葱洗淨、切段。
6. 確定豬腩肉、蒜頭已軟爛，調整味道後轉大火收汁，與葱段上碟。

## ※ 薑葱撈麵的清淡柔和

「薑葱」可說是廣東菜最為平常的調味方式：薑葱焗雞、薑葱蒸魚、薑葱魚雲煲、薑葱桶蠔、薑葱炒蟹、薑葱焗鯉等，都是冶味的菜式；還有蘸白切雞的薑葱油。翻遍有關香港歷史著作，也常常看見「薑葱」一詞；但它們不是冶味小菜，而是以薑、葱撈煮的清淡麵食。讓我們也看看「薑葱」清淡的一面。

### 酒席尾聲　吃「薑葱麵」

香港學者周家建著有《濁世消磨：日治時期香港人的休閒生活》一書，談及香港日佔時期，即一九四一至一九四五年淪陷歲月的日常生活。

看過張愛玲〈傾城之戀〉的人都知道，香港雖然淪陷了，但大家還是能吃頓家常飯。周家建在〈暫且忘憂的茶聚聯誼〉一文裏，提到幾則「碧江酒家」的酒席廣告，裏面羅列了不同酒席的菜式和價錢。有魚翅可吃的，直接叫「翅席」，其他都叫「茶席」。

這些酒席最末的菜式，跟現在的酒席差不多，都是飯、麵。我們現在常吃的，是乾燒伊麵吧？在日佔時期，比較普遍的卻是薑葱麵。書中列出的酒席，有的吃汁料較多的薑葱辦麵，有的吃乾爽的薑葱撈麵。周家建又提到通俗小說菜館場景的「薑葱麵」一筆。從這些史料看來，「薑葱麵」算是當時的典型麵食，做法各有不同。

## 「薑葱麵」的變奏

我們現在於雲吞麵舖看到的薑葱撈麵，不指明的話，送上來的是幼生麵；爽口的薑絲、葱絲放在生麵上，有時會奉上蠔油。這種薑葱麵的薑絲辛辣，葱絲帶草青味。

廣東菜館的薑葱撈麵、薑葱辦麵則多用粗麵。撈麵、辦麵與雲吞麵舖的一樣，先把麵煮開及過冷河，再拌入薑葱絲；只是冷河之後，撈麵僅用湯洗麵，然後拌料；而辦麵則以湯煀麵，所以比撈麵濕潤。兩者皆可用乾麵餅來做，口味也較雲吞麵舖的柔和。

還有一種薑葱麵，我沒看到相關史料，只是自己想當然耳地想像。既然蘸白切雞的薑葱油這麼可口，市面也有些很受歡迎的葱油撈公仔麵、葱油雞扒或豬扒飯；那麼，我們直接在家裏切些薑粒、葱粒，用食油、沙薑粉爆熟，與意大利粉或中式蛋麵撈勻，似乎亦相當美味。

## 清淡配上湯　冶味拌蠔油

薑葱麵有趣的地方，還在於「湯」的種類。薑葱麵上桌的時候，雲吞麵舖的會伴着一小碗雲吞麵湯；而廣東菜館的已煮過麵和湯，所以大都不配湯上桌。西式高湯、日式高湯、北方高湯；「高湯」可泛指中西各種烹煮菜式前已預先做好的、有水無料的湯汁，煮法、用途各有不同。

廣東廚房裏最美味的高湯，稱為「上湯」。廣東上湯用料包括原隻老雞、上等豬肉，配以大量豬骨、金華火腿骨，成本昂貴。陳夢因在《食經》裏認為，上湯是廣東菜的重要一環，上乘的決不放加工湯粉。把上湯的湯料另添新食材翻煮，就要稱為次等的「二湯」了。雲吞麵湯的用料，則非同菜館上湯，有大地魚乾、蝦殼、羅漢果等；肉、骨還是有的，但不必用全雞。

在家做薑葱撈麵，仍然需要一點上湯。單為一碟麵去煮上湯，有點喧賓奪主，所以我們會用家常的方式來煮湯。陳夢因有一款「家用上湯」，建議主婦以一碗火腿湯，兌一碗雞湯或鴨湯；我的廚房很簡陋，無法煲來煲去，乾脆用瘦肉、起肉後的雞髀骨，以及現成的金華火腿片來煮了。如喜歡金黃的湯色，可添些冬菇。

這種撈麵依賴上湯來調味，色澤、味道皆為清淡。上桌時可依舊食譜的方式，撒些蝦子；抑或拌點蠔油，就變成冶味的蠔油撈麵了。

# 薑葱撈麵

(二人份)

◎ 材料

雞骨　約 150 克
瘦肉　約 100 克
金華火腿　約 40 克
薑　約 80 克
青葱　4 株
全蛋粗麵餅　2 個
清水（煮湯用）　約 800 毫升
食油　適量
蝦子　適量
糖　適量

◎ 做法

1. 洗淨雞骨、瘦肉，凍水入鍋，中火煮至沸騰。
2. 水沸騰後取出雞骨、瘦肉，重新洗淨。
3. 金華火腿洗淨，與雞骨、瘦肉、清水入鍋，大火煮至沸騰，轉小火熬煮至少一小時。
4. 取出金華火腿、雞骨、瘦肉，濾去雜質，得上湯。
5. 薑洗淨，去皮，切絲。
6. 青葱洗淨，去葱白，切成兩段，用餐叉劃成絲，泡一下開水後晾乾。
7. 泡煮粗麵至完全散開，不用熟透，即過冷河。
8. 煮沸上湯，下粗麵稍煮即起。
9. 以食油爆香薑絲。
10. 下粗麵、大部分葱絲後熄火，拌勻材料，以糖調味。
11. 粗麵上碟，灑上蝦子，放上餘下的葱絲即成。

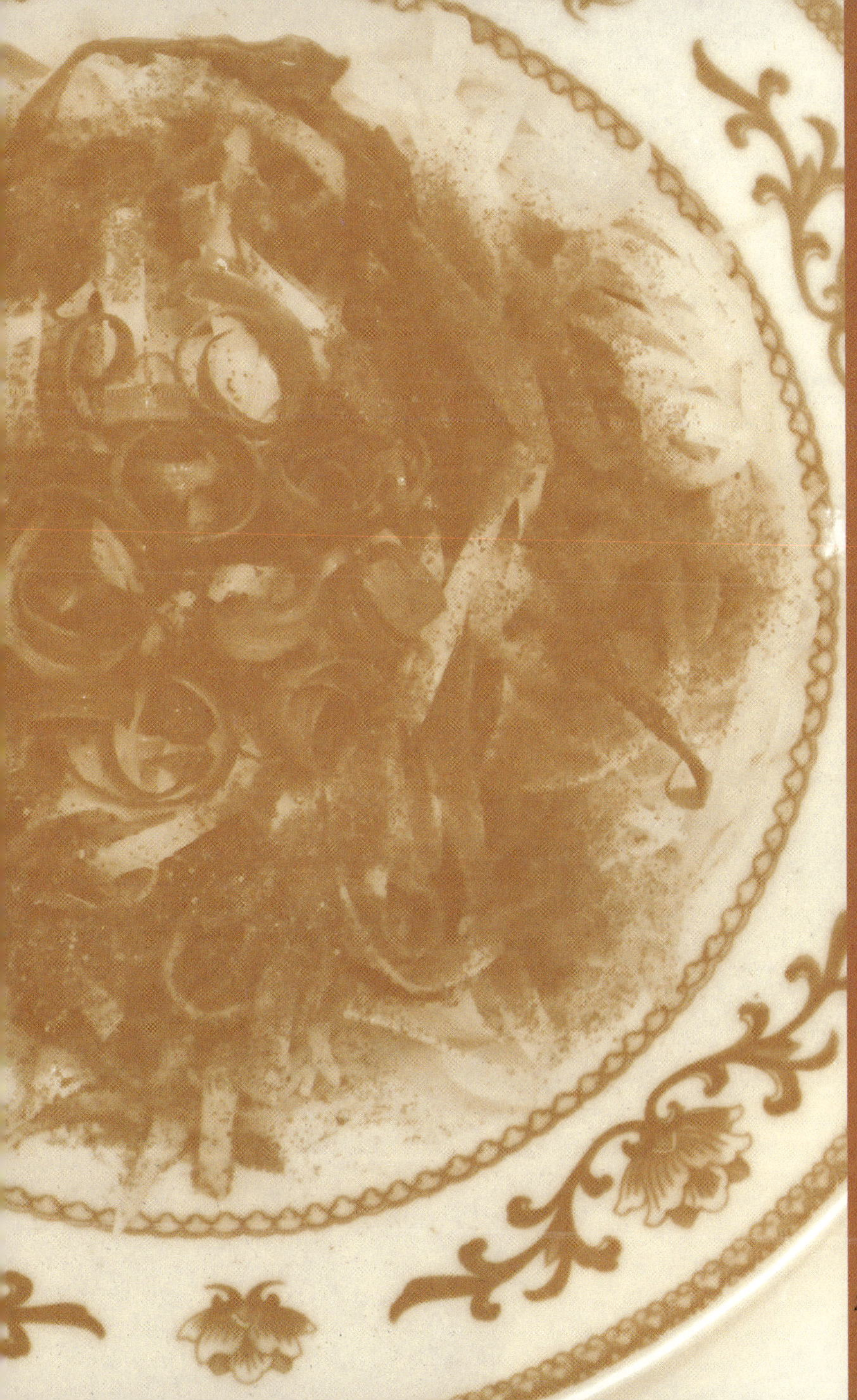

# ※ 復古芝士通心粉

不知道為什麼，融化的芝士，總比沒有融化的芝士受歡迎。芝士加熱就會融化，這有什麼賣點可言呢；我一直對飲食廣告的「拉絲」噱頭不以為然。再想想看，也許是「熱」——打動胃口的，也許不是融化的芝士，而是令芝士融化的熱力。溫暖的食物，往往能使人充滿力量。來做一份吧芝士通心粉（macaroni and cheese，一般簡稱為 mac and cheese）吧；在那些欠缺力量的時候。

## 芝士通心粉作為「安慰食物」

「安慰食物」（comfort food），有些中譯是「舒適食物」、「療癒食物」。三種譯法看起來都有點陌生和難以明白，語法上可以說是「歐化」：即運用英語語法，而不符合普遍漢語語法的構詞方式。

可以安撫人心、紓緩情緒、療癒精神的食物——這大概是 comfort food 的意思了。Comfort food 是我們身心疲乏時，特別想吃的東西。在學術研究上，comfort food 可分成懷舊

（nostalgic）、放縱（indulgence）、便利（convenience）等不同類型，涉及身份（identities）、歸屬（belongings）及社會建構（social construction）等概念。

這些食物通常價格親民、方便進食，如家常小菜、包點甜餅、油炸小食等。我們比較少聽見別人說，自己的 comfort food 是吉品鮑魚、天九翅等山珍海錯。芝士通心粉可說是非常典型的 comfort food：有點歷史感、容易烹調、食材經濟、食店常售、速食商品。

## 十九世紀的芝士通心粉

在電影《從前，有個荷里活》（*Once Upon a Time in Hollywood*）裏，看到畢彼特（Brad Pitt，角色是 Cliff Booth）獨自烹煮和食用速食芝士通心粉的情節。他在昏暗的廚房裏與狗作伴，先粗魯地把罐頭狗食倒入糧盆裏，再馬虎地煮熟速食通心粉。花個十數分鐘，他就獲得彷彿是由食店廚師烹調的熱食了。當我們需要安慰時，安慰最好不要來得太晚。

香港超市也在賣畢彼特在電影裏煮的速食芝士通心粉。這商品只用水、爐、鍋、湯匙來煮，不需焗爐。盒裏只有兩種食材：不同款式的乾通心粉和一大包芝士調味粉。說明書建議自備牛油、牛奶來調味；很多人都不會這樣做，而會像畢彼特那樣灑完調味粉了事。我也是其中一個這樣的人，最多撒把乾香草。

想要做得更圓滿，就要把它送進焗爐，因為芝士通心粉本來是一道烤菜。從現存資料看來，早期的芝士通心粉做法，可參考於十九世紀在英國出版的 *The Book of Household Management*，作者是 Isabella Beeton。此烹飪書提供了三種做法，其中的通心粉（pipe macaroni）可換成螺絲粉（riband macaroni）。它們與現在法式白汁、意式芝士白汁的分別是：不用清水，而用肉汁、牛奶來煠熟通心粉；只用巴馬臣芝士，不加車打芝士（Cheddar）。

## 使用老食譜的注意事項

這些來自十九世紀烹飪書的食譜，可以稱為老食譜（vintage recipes）。使用老食譜時，要留意某些細節。我們有時會感到食譜的口味有點莫名其妙，如有些芝士通心粉老食譜會用淡奶（evaporated milk）、煉奶（condensed milk）來做；有時會發現，材料分量不大合理，並經常省略步驟的細節，調味用的是什麼香料等，也較隨意。比食譜原本分量多做些肉汁和芝士醬汁，就有備無患了。

我們會做比較豐富的版本，也會選用書裏介紹的簡便肉汁（quickly-made gravy）為本。煮肉汁香草用了迷迭香（rosemary）、百里香（thyme）；如有月桂葉（bay leaf）也不錯。沒時間的話，可改用現成肉汁，直接在步驟（5）開始煮。剛出爐的芝士通心粉非常燙，擱在飯桌降溫時，去倒杯冰過的 Sauvignon Blanc 好了。

# 芝士通心粉

一人份

◎ 材料

牛腱肉　約 200 克
洋葱　半個
甘筍　1 條
牛油　30 克
香草　數條
丁香　數顆
清水（煮肉汁用）　450 毫升
通心粉　約 100 克
牛奶　約 200 毫升
雞蛋黃　1 顆
鮮忌廉　2 湯匙
巴馬臣芝士碎　30 克

◎ 做法

1. 牛腱肉洗淨，切丁。洋葱、甘筍洗淨，切片。
2. 用二十克牛油起鍋，拌炒牛肉丁、洋葱片和甘筍片至微焦。
3. 清水、香草、丁香下鍋。沸騰後上半蓋小火煮約半小時，至水分剩餘約三百毫升。
4. 過濾材料，留下肉汁，調味備用。
5. 用肉汁、牛奶焓通心粉至僅熟；如湯汁不足，可添牛奶。湯汁留下兩湯匙，其餘（如有）隔去。通心粉置於焗盤。
6. 小火拌煮雞蛋黃、鮮忌廉、兩湯匙煮通心粉湯汁至濃稠，不可煮沸。
7. 把蛋黃忌廉醬汁倒在通心粉上。預熱焗爐至攝氏二百度。
8. 餘下牛油全部切粒，與巴馬臣芝士碎同鋪在通心粉上。
9. 焗盤送往焗爐烤至芝士融化、金黃即成。

## ※實惠東江豆腐煲

家中有幾個買外賣煲仔飯時附送的小砂鍋，不知道有什麼用。對煲仔發呆之際，想起可以做鍋又香又滑的東江豆腐煲呢。

### 東江口味　戰後風潮

「東江菜」是客家菜的其中一種，馳名鹽焗雞、釀豆腐（「釀」實為「鑲」之意，香港慣於借用「釀」）。客家菜不一定是廣東菜，而「東江菜」多以廣東惠州為本色，故「東江菜」也可說是廣東客家菜。東江菜於二戰的四十年代末；即戰後初期，在廣州、香港等地風行一時，新店如雨後春筍。

東江菜式用料簡單，煮法樸素，買的賣的負擔都不大，非常適合百廢待舉的戰後社會。我們現在還聽過泉章居、醉瓊樓這兩家二戰後開業的東江菜名店，似乎東江菜在香港仍有其捧場客。

據《葉靈鳳日記》所記，飲食品味極佳的居港上海作家葉靈鳳，並不抗拒吃簡樸的東江菜。他曾於一九六八年一月七日的星期天，光顧醉瓊樓：「六時自觀塘渡海回香港，在醉瓊樓晚飯。這是東江菜，生意極好，等了許久才有空位。」可惜的是，大部分東江菜館早在五十年代中後期式微，能像醉瓊樓、泉章居那樣留下來變成老字號的，沒有很多。零星生存，終未成為餐飲主流。

## 煎釀、紅燜或放湯　三角豆腐釀豬肉

從前的釀豆腐煲，不是四季菜式；入秋以後，與煲仔飯一同應市。夏天沒有釀豆腐煲，卻有不用砂鍋保溫的煎釀豆腐。

煎釀豆腐不是湯菜，這很清楚；但當年的釀豆腐煲，到底是不是湯菜，我仍不大明白。現在點「東江豆腐煲」、「客家豆腐煲」，有時是打芡的燜豆腐煲，有時是放湯、以蔬菜墊底的。參考六十年代釀豆腐煲食譜，豆腐釀好後，能先煎後燜、不煎只燜或用來打邊爐，而少見做成湯菜。

此外，我們要用哪種豆腐呢？肉餡又應該用什麼肉呢？豆腐固然是硬豆腐了，易釀易煎；而且舊食譜中的釀豆腐呈三角形，而不是方形，這是布包豆腐較難勝任的，除非炸過再燜。我就特意去買了客家菜更常用的鹽鹵豆腐。至於內餡，想來想去，覺得鯪魚有些順德菜的風味，還是單用客家人愛吃的豬肉好了。

## 餘話：農家菜迷思

標榜「田園」、「農家」的食店，都很喜歡以「山水豆腐」一類菜式招徠生意。這些豆腐通常是在煎、炸、蒸、釀、燜之間，煮法簡便，強調要吃豆腐的原有味道。

豆腐是廉價又具營養的食材，以它借代簡樸飲食，實在無可厚非；只是「原味」的說法，都覺得有點不對勁。以東江豆腐為例，它是豆腐為主，肉餡為副。這樣的配搭，應是借豬肉為豆腐增味，而不是以豆腐為豬肉去膩。如此推論的話，則「農家菜」不一定很欣賞豆腐原來的清淡，反而是在努力想出提升豆腐味道的辦法了。

# 東江釀豆腐煲

二人份

◎ 材料

鹽鹵豆腐　約 600 克
免治豬肉　約 100 克
蝦米　1 湯匙
豆豉　1 湯匙
青葱　1 株
生抽、老抽、麻油　適量
鹽、糖、粟粉、白胡椒粉　適量

◎ 做法

1. 蝦米洗淨，用清水浸泡至軟。
2. 豆腐每件對角切成四份，靜置出水。
3. 免治豬肉調味，最後加入鹽半茶匙，順時針用力攪拌至黏（起膠）。
4. 切碎浸軟的蝦米，拌進豬肉內。
5. 青葱洗淨，切段。取出葱白備用。
6. 豆豉沖洗後用湯匙輕輕壓扁。
7. 於豆腐最闊的切面橫切一個小口，用筷子刮去開口處部分豆腐。
8. 把豬肉釀進豆腐開口內。
9. 豬肉外面沾上粟粉，下煎鍋以中小火油煎。先煎豬肉一面。
10. 豆腐煎至半熟、金黃，轉置砂鍋內。
11. 大半碗開水以生抽、老抽、糖、麻油調味後，加入粟粉一湯匙，調成芡水。
12. 豆豉、葱白下煎鍋爆香，下芡水細火煮稠成汁。
13. 把芡汁澆在豆腐上，上蓋小火煮約五分鐘至熟。
14. 在豆腐上撒葱段，上桌後連汁分吃。

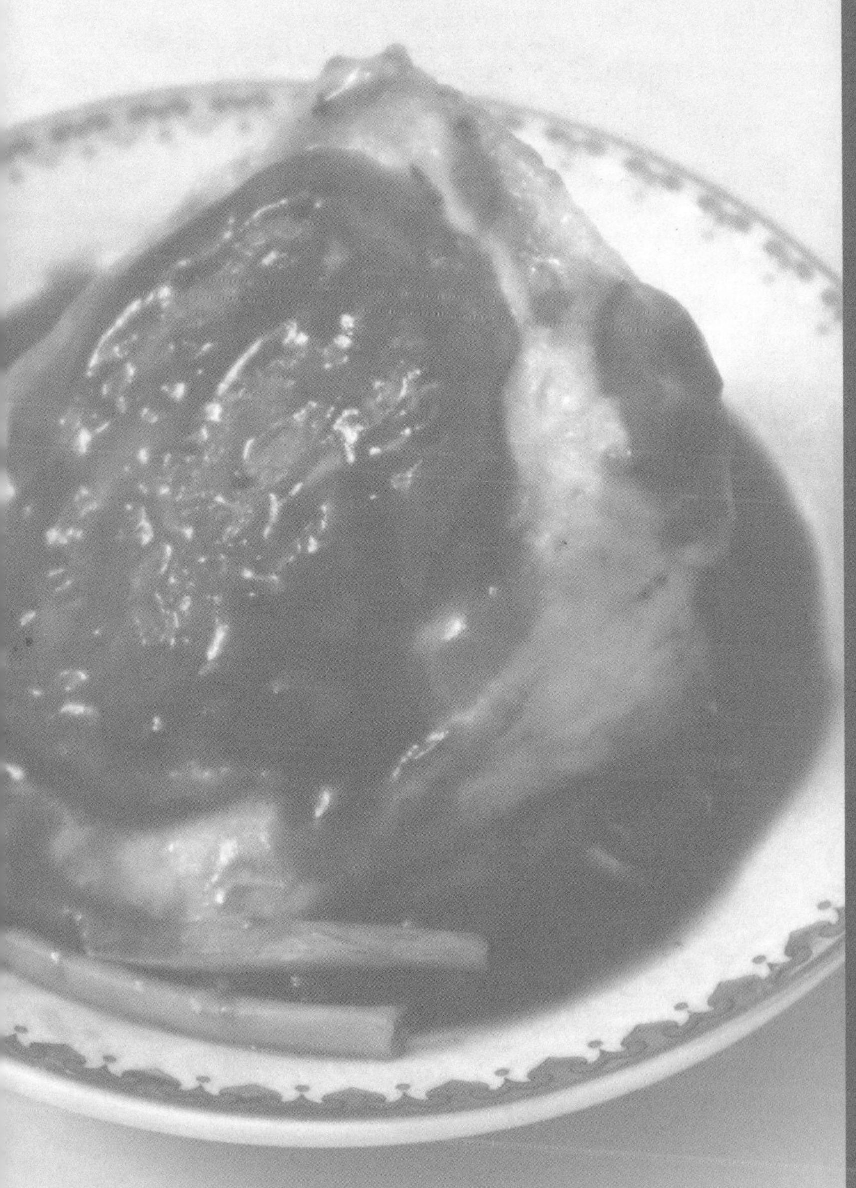

# ※ 冶味的辣炒年糕

世界各地，都越來越容易買到韓國食材和餐具了。從前整個下午，在尖沙咀金巴利街慢慢逛，興奮得像去尋寶；現在出門三步就有韓國食品專賣店，連超級市場也有一列標着「韓風」的貨架。最讓我開心的，是很容易買到不同種類的韓國年糕。辣炒年糕，應該很受大家歡迎？

## 韓劇與辣炒年糕

我第一次知道「辣炒年糕」，是看韓劇《宮》（궁）的時候。辣炒年糕用廉價食材來做，花費不多，是很受學生歡迎的餐點。《宮》是個灰姑娘故事，女主人公申采靜是個學生，很喜歡吃辣炒年糕，街邊的和食店的都喜歡吃；這無疑是個表現「大眾」、「平民」的設計，劇情自然也少不了灰姑娘教王子吃辣炒年糕的橋段。

辣炒年糕有兩種做法：街頭小吃店的話，就像魚蛋、燒賣一樣是外賣，用竹籤之類邊走邊吃；在食店坐下來吃的話，常常做成年糕鍋，像關東煮，會添些即食麵。香港的韓式小吃店和餐廳，集中在尖沙咀、旺角和銅鑼灣。其他地區則總有一兩家，強調是由韓國夫婦、「阿朱媽」主理的家庭式經營小餐廳。有些很好吃，有些讓人永不回頭。

## 白年糕食法多

我小時候已愛吃炒白年糕，但韓國年糕沒在賣，日本年糕不可以用來炒；要炒白年糕，就只能是寧波年糕。我媽雖然也喜歡吃白年糕，但寧波年糕從前不切片，得泡水後用力切開，又煩又累，所以她不常做。

韓國年糕有片狀、條狀兩種，不同牌子的厚薄、長短又有不同。標準做法是片狀煮湯，條狀拌炒。片狀年糕跟寧波年糕相似，用來炒雪菜、肉絲也不錯。我總在雪櫃放着一包韓國年糕，並嘗試過很多古靈精怪的食法；最普通的是當成寧波年糕來炒、放湯；有時會學學新派食店般當成意大利粉，燴白醬、茄醬。試過當豬腸粉來拌甜醬、麻醬。最亂來的一次，是用乾炒牛河的做法來煮。

## 炒年糕即煨年糕

辣炒年糕比炒寧波年糕更容易，但備料的程序較多。炒寧波年糕，我們會先爆炒配料，然後下年糕和少許湯汁，上蓋焗熟。有些餐廳會打芡，畫蛇添足；年糕本身的粉類，已能讓湯汁變稠。

辣炒年糕其實不是炒年糕，而近似是湯煨年糕，即先用水分煮熟食材，然後收汁。配料不用爆炒或煎香，一律下鍋就好；湯汁反而比較用心，須預先準備。韓式高湯跟日式高湯做法差不多，都用魚乾、昆布等乾料煎湯出味，約十五至二十分鐘就能成湯。不用原型乾料的話，用配好的現成小湯包，也很方便。

配料主要是魚板，其次是蔬菜和雞蛋；新潮的會用芝士碎。至於辣味，用韓國辣椒醬和辣椒粉。有些人會直接用辣味泡菜，來代替調味料。年糕容易黏在一起或黏鍋，須不時拌炒，收湯汁時必須留神。高湯不要放得太多，蓋過材料便好，否則收汁需時，材料過熟。

撒上白芝麻的辣炒年糕，又甜又辣，非常冶味；看起來更有點像拌了很多甜醬和甘竹辣椒醬的豬腸粉啊。我也開始想念中學午膳時吃的那包魚蛋和燒賣了。

# 辣炒年糕

二人份

◎ 材料

韓國條狀年糕　約 300 克
韓國魚板　1 片
洋葱　半個
甘筍　1 條
韓國大鯷魚乾　10 條
清水　500 毫升
雞蛋　2 隻
青葱　1 株
韓國辣椒醬　1 至 2 湯匙
韓國辣椒粉　1 至 2 茶匙
豉油　適量
糖　適量
白芝麻　適量

◎ 做法

1. 雞蛋烚熟，剝殼備用。
2. 大鯷魚乾沖洗，去掉內臟。
3. 大鯷魚乾、清水下鍋，沸騰後小火煮至出味成高湯。
4. 年糕用暖水略洗。
5. 甘筍洗淨，去皮切片。
6. 洋葱洗淨，去皮切絲。
7. 魚板用暖水略洗，切片。
8. 青葱洗淨，切粒。
9. 高湯濾去魚乾，煮沸後下年糕、洋葱、甘筍。再次沸騰後轉小火，煮熟所有食材。
10. 以辣椒醬、辣椒粉、糖、豉油調味。
11. 下魚板、雞蛋，繼續拌炒至水分收乾變稠。
12. 上碟後撒上白芝麻、青葱粒。可趁熱加入芝士碎。

## ※科幻電影與南部甜點

《星際啟示錄》（*Interstellar*）是一齣很受歡迎的電影；它的視覺效果和配樂固然精彩，而故事亦惹人深思。這電影把故事場景置於美國南部，居民務農為生，吃着粟米粥（grits ）過日子；四周是一望無際的粟米田。看過電影又翻翻書，追蹤一款曾在電影中出現的甜點之懷舊版本——我稱它為「南部甜點」。

### 美國南部飲食風格

所謂「美國南部」，可泛指美國南方州份，如喬治亞（Georgia）、維珍尼亞（Virginia）等。這些州份具有比較強烈的殖民背景，歷史文化糅合了歐洲、美洲和非洲元素；加上有利農業的地理特色，最終發展出鮮明的飲食風格。

我們雖然很少在香港談論什麼是「美國南部」，但我們對美國南部菜式如美式炸雞、美式鬆餅、粟米麵包等並不陌生。南部菜大多是家庭菜，製作簡單、賣相樸素，很多人稱它們為「靈魂食物」（soul food）。

## 殖民農業下的粟米烹飪

南部菜廣泛應用粟米食材；其中最著名的粟米菜式，莫過於粟米麵包（cornbread）。粟米麵包的做法，基本上就是以粟米加工而成的麵粉，取代小麥麵粉來烘烤的麵包。

莉琪・科林漢（Lizzie Collingham）在《帝國的滋味：從探索海洋到殖民擴張，英國如何以全球食物網絡建構現代世界》（*The Hungry Empire: How Britain's Quest for Food Shaped the Modern World*）裏分析，粟米麵包的吃法，與十七世紀英國人移民至美國東北部新英格蘭地區（New England）的歷史有關。

莉琪・科林漢提到，這些具有殖民意識的英國人，當時盡力在美國維持從前在歐洲的文明生活模式，包括飲食習慣；可惜小麥這種歐洲主要農作物在美國收成不好，他們只可以大量種植粟米。英國移民於是以粟米食材來代替歐洲常用食材，如開始用粟米粉代替小麥粉來做麵包；並向美國原住民學習加工和烹調粟米的方法。

至於粟米食材受美國南部歡迎的原因，則與當時殖民國從事的奴隸買賣有關。南部菜之所以稱為「靈魂食物」，因它們讓吃的人想到「家」（home）、「家鄉」（hometown），透過烹飪來重塑安身之所；然而，這些「靈魂食物」的來歷，並未如「家」、「家鄉」那樣溫柔。莉琪・科林漢又提到，自十五世紀起，葡萄牙、法國、英國開展了非洲奴隸貿易市場。非洲人或被賣往外國，或在殖民國於非洲建立的莊園為奴。

這大規模而悲慘的奴隸貿易歷史，同時把粟米等美洲植物，引入至非洲和離鄉非洲人的飲食習慣中。美國南部的殖民農業，就這樣保存了奴隸買賣歷史的痕跡。

## 粟米粉 vs 粟粉

《星際啟示錄》的主人公一家，早餐會吃南部風格的粟米粥；晚餐則以焓粟米為伴菜。粟米粥的煮法跟燕麥粥差不多，可以加海產、芝士做成鹹點。翻了數本於十九世紀美國出版的南部菜食譜，不常見粟米粥；卻有多種粟米布甸（corn pudding）製法。

粟米品種很多，可加工成不同食材。我們在香港買的、吃的，通常是甜粟米（sweet corn）；加工後的，可以是粟米粉（cornmeal）、粟粉（corn starch）。粟米粥、粟米麵包用粟米粉；布甸則用粟粉。粟粉須用常溫水拌勻後才可加熱，不可直接用熱水開漿，否則會凝固成粗糙的粉糰。

## 懷舊版本的粟粉布甸

女主人公墨菲（Murphy Cooper）回老家吃完晚餐的主菜後，她嫂子問她要不要再吃些甜點。嫂子叫那甜點做 souffle；這美國南部的 souffle，不是我們常吃的法式梳乎厘（soufflé），而是加入打發蛋白的粟米布甸或蛋糕之類。當代人做這種布甸，多用罐頭粟米糊（cream corn）；可是在沒有粟米糊的年代呢？我推想至少有粟粉，但不肯定有沒有粟米粉和粟米粒。

我在其中一本南部菜舊食譜中，找到一項 souffle pudding；但材料用的粟粉很多，沒有水分，只有油分，加上大量砂糖，做好後其實是蛋糕。又參考了這些舊食譜中的各類 corn pudding，用少許牛奶來調整粉漿，看起來更像電影裏出現的 souffle，但質地仍像蛋糕。

想來想去，還是只保留粟粉，結合舊食譜中的 souffle pudding 和 corn pudding 的質地，是為懷舊版本吧。叫「粟米布甸」的話，容易引起「用粟米糊來做」的誤會；叫「粟粉布甸」呢，聽起來不怎麼可口。我叫它做「南部甜點」好了；希望我們煮的時候、吃的時候，都能像墨菲一樣，身在此心安處。

# 南部甜點

四人份

◎ 材料

| | | | |
|---|---|---|---|
| 粟粉 | 100 克 | 雞蛋 | 4 隻 |
| 砂糖 | 100 克 | 雲呢拿精華 | 適量 |
| 牛油 | 40 克 | | |
| 牛奶 | 50 毫升 | | |

◎ 做法

1. 粟粉過篩，與砂糖拌勻。
2. 牛奶分數次加入粟粉、砂糖中，拌勻至粉粒消失。
3. 把牛油、雲呢拿精華加入粟粉漿。小火加熱，不斷攪拌，至牛油融化、粟粉漿變稠即可熄火放涼。
4. 把雞蛋黃、雞蛋白分開。
5. 雞蛋白打發至企身。
6. 於放涼的粟粉漿中拌入雞蛋黃。
7. 雞蛋白分數次輕輕拌入粟粉漿裏。
8. 把粟粉漿倒進已掃油的焗盤中，再送進已預熱的焗爐，以攝氏一百八十度焗十至十五分鐘至熟。
9. 可趁熱上桌食用；放涼食用則更入味。可做成甜點盅。

# ※芝士凍餅的魔法

「黑咖啡」常給大眾一種「練功」的感覺：喝咖啡喝得越苦的人，彷彿就是高手，可以承受更多咖啡因。初中喝到第一杯黑咖啡的心情，我還記得很清楚；我也不會忘記，後來常與黑咖啡一起上桌的芝士凍餅。

## 吃得苦中苦，就是好咖啡？

咖啡有多苦，視乎用了什麼咖啡豆、如何煮咖啡。咖啡雖苦，但亦講求苦盡甘來。非常苦的咖啡，很可能是煮壞了，又或是用了壞豆來煮。我最怕喝到帶紙皮或飯焦味的黑咖啡：前者是由於咖啡豆不新鮮，後者則是咖啡煮太久了。

第一次喝黑咖啡，建議先不要喝用意式咖啡機、美式咖啡機泡的咖啡，去試試用日式虹吸壺泡的。咖啡豆不用仔細挑，不用挑貴價的；直接點寫着「綜合」、「招牌」、「特調」，都是 house blend 的意思。店家用 house blend 的量最多，就不用怕點到不新鮮的豆了。

## 「齋啡」與「咖啡浪潮」

某次聽見不認識的人，在討論茶餐廳的「齋啡」能否在全球咖啡市場中佔一席位。我悄悄在心裏喊了句「不能」。全球咖啡市場的發展，包括了種植、物流、拼配、烘焙、研磨、沖泡等環環緊扣的工商業和科技細節，可以用「咖啡浪潮」（waves of coffee）稱之。第一波咖啡波潮，指咖啡的日常、普及、速度；第二波至第三波，分別變成連鎖、精品、美學。時至今日，咖啡浪潮已來到第四波，追求多元風味。

在這個咖啡市場發展的脈絡之下，對黑咖啡越講究的人，不會越喝越苦，而會越喝越酸，追求精品咖啡豆的果香。一直以濃、苦為標準的「齋啡」，則可說是停留在第一波風潮的款式；若干年後，「齋啡」可能會成為香港的非物質文化遺產，但似乎不大可能與美式、意式、日式咖啡的精品化並駕齊驅。具有歷史價值的飲食文化，不一定是美味可口的；這是很多歷史學家、社會學家、人類學家、考古學家，早已再三提醒我們的事情。

## 咖啡店的甜點

不喝咖啡的人未必討厭去咖啡店，因為咖啡店還有其他飲品可喝；況且，「咖啡」已是全球風行的文化消費（cultural consumption），不喝咖啡的人，也會去咖啡店參與各種日常社交活動。

咖啡店令人難忘的，不一定是咖啡，也可能是各種五光十色的冷熱甜點。為什麼咖啡店要賣甜點呢？因為咖啡本身酸苦，正好以甜中和；甜味亦可修飾來自咖啡豆品質或焙豆技術的瑕疵。

不是所有咖啡款式，都需要配甜點；我常常覺得，咖啡店的甜點，是為了黑咖啡而存在。好像下酒菜一樣，不同的咖啡款式，應配搭不同的點心。添了奶類或糖漿等調味料的咖啡款式，如鮮奶咖啡、焦糖咖啡等，本身已能靠調味來修飾口味了；配濃郁的甜點，口味反而太過厚重，倒不如來一兩塊清淡的餅乾，甚至什麼都不配。

田中慶一的《京都喫茶記事：從明治到令和，專屬於這個城市的咖啡魅力與文化故事》（京都喫茶店クロニクル）中，寫了很多日本二戰後的咖啡風景，其中一道是這樣的：當時在京都有家叫 Smart Coffee 的咖啡店，是日本電影圈中人流連之地。這家店的咖啡用法蘭絨布濾泡法來做，手法嚴謹。田中慶一引述店東回想，當年的電影人會帶上戰後非常珍貴的雞蛋和麵粉，請店東做點心來配咖啡；於是這店就開始賣起窩夫及布甸等西點了。

想要嘗試黑咖啡的人，可以為自己的第一杯黑咖啡，配一份甜點。喝黑咖啡的時候，不論店家的咖啡煮得好不好，只要我們吃甜點，桌上的黑咖啡就會突然變得更好喝，簡直是種魔法。如果是喝用拼配豆泡出來的綜合咖啡，甜點最好以糖、蛋、油、奶為主，不要以果味為中心，更有修飾之效。不要點那些只求彈性，完全不顧糖香、蛋香、油香的糕點；最好選擇雞蛋布甸、磅蛋糕、冬甩、班戟、雪糕、曲奇、吉士批、千層酥或芝士蛋糕。蛋撻、椰撻、泡芙、沙翁、西多士、合桃酥和雞蛋仔，也很適合。傾向酸味的或者是淺烘焙的咖啡豆，才考慮多配生果。

## 不用烤焗的芝士凍餅

我的心水黑咖啡甜點，本應是焦糖雪糕和焦糖雞蛋布甸——焦糖與咖啡，實在是天生一對。可惜我常擔心布甸做不好，脫模不漂亮；還是做我喝黑咖啡時常吃的芝士凍餅好了。

芝士蛋糕的做法很多：用冷藏凝固的、高溫烤焗的，還有低溫半蒸半焗的。用魚膠來凝固，不用開焗爐，有雪櫃就能做出來。在外面吃到的廉價芝士凍餅，店家下魚膠通常絕不手軟，令芝士香和忌廉香都消失得無影無蹤。自己做的話，除了主要材料忌廉芝士外，可再配搭不同風味的奶製品，如酸忌廉、希臘乳酪、厚忌廉、煉奶，以及各種低脂、脫脂奶製品等。

先喝一口黑咖啡，再吃一口芝士凍餅，然後喝第二口咖啡。但願杯中的黑咖啡，也喜歡這魔法。

# 芝士凍餅

約四人份

## ◎ 材料

消化餅 100 克
無鹽牛油 60 克
魚膠片 10 克
開水 50 毫升
忌廉芝士 250 克
砂糖 60 克
酸忌廉 100 克
煉奶 4 湯匙
檸檬 1 個
鮮忌廉 200 毫升
果占（已加熱軟化） 適量

## ◎ 做法

1. 蛋糕模墊上烘焙紙。
2. 檸檬洗淨，榨汁備用。
3. 魚膠片以開水泡軟。
4. 牛油隔水加熱至融化。
5. 消化餅壓碎，與牛油拌勻，鋪在蛋糕模中，冷藏備用。
6. 忌廉芝士分成小塊，隔水加熱、打散至軟化，與砂糖拌勻。
7. 離水拌入酸忌廉、煉奶，備用。
8. 鮮忌廉打發至稍企身。
9. 魚膠片與開水隔水加熱、攪拌，拌入芝士糊中。
10. 鮮忌廉分成三份，逐份拌入芝士糊中。
11. 芝士糊以檸檬汁調味後，倒入蛋糕模內，置於雪櫃冷藏至少兩小時。
12. 凍餅脫模切件，伴以果占食用。

# 後記

各位朋友，感謝翻開《讀食手記》，望拙作能為你們帶來樂趣。

非常感謝三聯書店出版拙稿，並蒙李毓琪小姐給予《讀食手記》面世的機會，深感榮幸。有賴編輯羅文懿小姐、設計師姚國豪先生，以及各位同仁的專業製作，稿件終能以好看又好味的姿態，與大家見面。

《讀食手記》的圖片和文字初稿，原刊於《明報》副刊星期日 Workshop 的專欄。這個專欄名為「讀食時光」，自二〇一九年三月開始連載；盼以文字和味道，為讀者朋友帶來小小的消閑時光。十分感謝《明報》黎佩芬小姐的信任和支持，以及編輯美術同仁的辛勞照顧。

謝謝艷玲、偉成、怡玲熱心襄助，把初稿帶到更遠的地方。謝謝振豪、露明、子謙、夢婷、納禧、寶城的鼓勵，讓我有了前進的動力。《讀食手記》既來自書房，也來自廚房。我通常會先在書房寫好文字初稿，然後往廚房製作圖片，再回到書房修訂文字稿；這可說是一場，發生在書房與廚房的自我對話。這些食譜，就像是我自己親手記下了不同的「我」。如今有幸結集成書，與編校團隊商量後，決定以「手記」稱之，是為「親手所記」。

終日來回於書房與廚房之間，我漸漸明白，對我來說，《讀食手記》所記下的，除了文學、文化、飲食故事和食譜，還有我的情感。我們都可以為相同的菜式，寫出不同的食譜，煮出不同的味道；因為我們各有獨特的生活經歷，以及在種種經歷之中所發現的情感。謝謝文字與味道，成為我們記取情感的路。

[書名]　讀食手記

[作者]　鄒芷茵

[責任編輯]　羅文懿

[書籍設計]　姚國豪

[出版]　三聯書店（香港）有限公司
香港北角英皇道四九九號北角工業大廈二十樓
Joint Publishing (H.K.) Co. Ltd.,
20/F., North Point Industrial Building,
499 King's Road, North Point, Hong Kong

[香港發行]　香港聯合書刊物流有限公司
香港新界荃灣德士古道二二〇至二四八號十六樓

[印刷]　寶華數碼印刷有限公司
香港香港柴灣吉勝街四十五號四樓 A 室

[版次]　二〇二五年三月香港第一版第一次印刷

[規格]　三十二開（128mm × 188mm）二八〇面

[國際書號]　ISBN 978-962-04-5642-8

三聯書店
http://jointpublishing.com

JPBooks.Plus
http://jpbooks.plus